プレスサンドというか……
右からも左からも
美少女に色々なところを
押し付けられ
究極の状況に
JN073649

「ジェス！ セレス！
美少女二人を
襲う巨大なタコ脚！

大丈夫か？」

このシチュエーションは、
男女で掃除用具入れに隠れる
あのラブコメ的展開そのものではないか。
これはもう、ハムサンドどころか、

美少女二人と豚一匹の逃避行――

Heat the pig liver

the story of a man turned into a pig.

豚のレバーは加熱しろ

（7回目）

逆井卓馬

Author: TAKUMA SAKAI

[イラスト] 遠坂あさぎ

illustrator: ASAGI TOHSAKA

Contents

目次

Heat the pig liver

序　決めるのは一人でいい

the story of a man turned into a pig.

薄暗い執務室は、独特の香気と、淀んだ空気で満たされている。

窓の外には澄んだ風が吹き抜けているが、その窓が開かれることは決してない。それどころか、今はどれも厚いカーテンによって覆われていた。隙間から差し込む光が、空気中に漂う塵を照らしながら、わずかな明るさを部屋にもたらしていた。

「本当に、よろしいのですか」

深紅の絨毯の上で、老婆が跪いていた。長い銀の髪がその背に広がっている。

老婆は大きな古い木の机越しに、主君を見上げている。机は初代の女王から引き継がれてきたものであり、彼女はこうして三代の王と対面してきた。

「確認は不要。俺がやると言ったら、やるのだ」

歴代で、最も若い王だった。

二代目以降、王位は王の老衰によって王子へと引き継がれてきた。そのため、王の座に就くのは、早くても五〇歳を過ぎてからであった。しかし先々代が呪いによって命を落とし、先代が身体を奪われたまま葬られ、この若者にはあまりにも早くその重圧が訪れてしまった。

積まれた書物の向こうに、乱れた金髪と青白い額が見える。

「しかし……現状のイェスマの扱いに対して、解放軍の反発は必至です。そのうえさらに、かような厳しい要求を言い伝えて、一人の幼い少女相手に、軍まで動かすとなれば――」

「知っている。すべて分かっている」

王は机に両肘をつき、額の前で手を組んだ。右手の中指で指輪が光っている。老婆の目にはその輝きがあまりにも禍々しく見えた。

母の形見の指輪。いかなる呪いよりも強力な魔法が、そこには秘められている。

「王が決めたことに、他が従う。初代よりこの王朝は、そうやって動いてきたではないか」

「……承知しました」

老婆は深く頭を下げた。そうするしかなかった。自分が抗ったところで、他の者がとって代わり、同じことが行われるだけなのだ。そうなるよりは、自分でやる方がよかった。

他の側近たちも、全く同様に考えていた。自分がやるしかないのだと。

「十字の処刑人」の事件以降、この若き王はすっかり人が変わってしまった。まるで別人のように――むしろ人間をやめて悪魔にでもなってしまったかのように――恐ろしい決断をするようになった。そして、誰一人として、少しでも異なる考えを奏上することは許されなかった。

神の力を擁する絶対の王。その言葉は、神の宣告に等しい。

たとえ当の神が、慈悲の心を失い、壊れ始めていたとしても。

「引き続き、調べられることは抜かりなく調べよ。その結果が示す最善の方法を、王朝は迷わず実行する。そこにはいかなる私情も良心も、挟まることは断じてない」

それは神の言葉だった。

「仰せの通りに」

老婆は再び頭を下げてから、少し顔を上げて王を見た。

王は黒い瓶を手に取り、焦げ茶色のどろりとした液体をグラスに注ぐところだった。「戦場の土を煮込んだような」と表現される、泥と血が濃密に混じり合った臭気。カノコソウの根を主原料とし、そこへ口に出すのも恐ろしいものをいくつか加えて作られた、強力な精神安定剤の一種であった。

王はその薬剤を、繊細な模様で装飾された古いワインの瓶になみなみと蓄えて、執務の際に常飲していた。執務室は陰鬱な臭気で満たされて、常にどんよりとしている。

「お前たちの悪いようにはしない。黙って命令に従っていろ」

去り際の老婆に、王は低い声でそう言った。老婆は深々と頭を下げて、部屋を出た。

「……決めるのは一人でいい」

言い訳のようにそう呟く声が、扉を閉める間際に聞こえた。

第一章

オタクの会話は文字に起こすな

the story of a man turned into a pig.

カランコロンと、カウベルの軽やかな音が響いた。

狭い通路を歩いて進む。クラシカルな喫茶店。暖かな光に包まれた賑(にぎ)やかな空間だった。

カラフルなガラスで飾られたランプがいたるところに置かれていて、店内はまるで宝石箱のようだ。見上げれば、壁には白磁(はくじ)のカップがきれいに並んでいた。

人の声や、食器の触れ合う音が心地よい。しかし、耳を澄ましてみても、どこか音が籠もっていて、彼らが何を話しているのかは分からない——というか、人の気配は確かにあるのに、なんだか視界がぼやけていて、その姿を見ることはかなわなかった。

どこか現実離れした景色だった。視線が豚の顔の高さにあることを差し引いても。

まるで、夢の中のような。

歩いていくと、通路の先に二人の姿があった。

美しい色彩のランプに囲まれた明るいボックス席で、向かい合う二人の女性。彼女たちの姿だけは、例外的に、細部まではっきりと見ることができた。

だぶついた灰色のパーカーを着た女と、院内着だろうか、薄水色のガウンを羽織った女。どちらも貴族趣味の店内にそぐわない、現代的で、現実的な雰囲気の客だった。

「お、来ましたねロリポさん。乙です」

パーカーの女がこちらを向いて、呼びかけてきた。

その顔には見覚えがあった。重めの前髪、優しそうに緩む口許。そして何より、トレードマークとなる赤いフレームの眼鏡。転移仲間の女子大生、ひろぽんだ。

混乱する。ひろぽんは日本に残ったはずだ。俺はなぜ、そのひろぽんと対面している？　しかも、豚の姿のままで。疑問を口にしようとしたところで、その向かいに座る女がこちらに微笑みかけてきた。

知らない顔だった。ひろぽんよりもいくらか若い。長く伸びた髪が院内着の背中に広がっている。ティーカップに手を伸ばすその腕はとても細いが、カップを取ろうと前屈みになったその胸元からはかなり大きな――なんでもない。

目を逸らしたその拍子に、気付いた。少女の、カップを持っていない方の手が、黒い物体を撫でている――それはソファーの上で丸くなって寝ている、一匹の黒豚だった。

脳内の疑問符が三つに増えたところで、ひろぽんが訊いてくる。

「ロリポさん、『インセプション』って映画知ってます？」

突然何のことだと思いながら、答える。

「あれだろ、他人の夢に入り込むスパイたちの話」

「へえ、そうなんですね。実は私、観たことなくて」

「映画の内容に絡めて現状を説明してくれるとか、そういうわけじゃないんだな……」

「あはは、柄でもない。そんなおしゃれなことしませんって」

などと軽口を叩き合っているうちに、気付く。

「……ここは夢の中なのか？」

「ご明察。素敵な場所でしょ？　ブレースが創ってくれたんですよ」

カップを持ち上げた手で、ひろぽんは向かいの少女を示した。

予期せぬ言葉に、豚足が固まる。ブレース？

「お久しぶりです、お豚さん」

メステリアの言葉で話しかけられ、ぎょっとする。そのおかしな呼び方……声は違っても、確かにそれはブレースのものだった。

「ええっと……」

戸惑う俺に、謎の少女は柔らかく微笑んでくる。

しかし、少女の顔はブレースと似ても似つかない。黒髪で、どう見ても日本人だ。よく見れば、深い二重の目がひろぽんによく似ている。そして院内着——細い腕は、長期の入院によるものか。ひろぽんには、ほぼ植物状態の妹がいると聞いていた。とすると。

ひろぽんの妹が、ブレースになりきっている……？

いや、なりきっているというのは違うだろう。メステリアの言葉なんて、簡単に真似できるものではない。それに、異世界で死んでしまった少女を、どうやって真似るというのか。

「どういうことだ。妹さんが、どうして」

説明を求めると、ひろぽんは顎に手を当てて少し考える。

「ロリポさん、『秘密』って小説、読んだことあります？」

「……ああ。昏睡状態になった娘の身体に死んだ妻の意識が宿って、みたいな話だったな」

「へえ、そうなんですね。めっちゃ面白そう」

「いや……『秘密』の内容に絡めて現状を説明してくれよ」

これだからオタク同士の会話を文字に起こすのは嫌なんだ。

「つまり、ブレースの意識が、妹さんの身体に宿ったということか？」

「そういうことなんじゃないかな、と私は思ってます。知らんけど」

知らんことはないと思うが、なんだか前回会ったときよりも、ひろぽんは活き活きして、楽しそうに見えた。妹――いやブレースも、そんなひろぽんを見て小さく笑っている。

もし本当に、この少女がブレースだとしたら――あのクスリとも笑わなかったブレースだとしたら、それはとてもいいことだ。

――私が死んだら、私をお豚さんの世界へ連れて行ってくださいずっと前に聞いた、彼女の願いを思い出す。

「そっちの世界に、行けたってことだな」

俺の意識がメステリアの豚に宿ったのと同じように、ブレースの意識も、ひろぽんの妹の身体に宿ったというところだろうか。

日本の豚に宿らなくて本当によかったと思う。

「きっと、お豚さんのおかげです」

「それは……本当によかった」

彼女のとても危うい感じの胸元とは絶対に全く関係がないのだが、動揺からか、まともな言葉が出てこなかった。胸の大きなブレースだから胸の大きな人の身体に宿ったのだろう、などと考えているわけでももちろんない。気の利いた言葉の一つでも、言えたらよかったのだが。

俺は代わりに、質問を投げかける。

「そういえば何回か、夢の中で呼びかけてくる声がした。あれもブレースが？」

「ええ。あれから色々試しまして。ようやくこうした形で、お豚さんとお会いすることができたのです」

何をどう色々試したらこんなことができるのか気になったが、まあ今はいいだろう。

「そうか……何と言えばいいか……」

なんとか言葉を探して、幸せそうな少女と向かい合う。

「願いが叶(かな)ったんだな」

「はい。お豚さんの言う通りでした。こちらの世界はいいところです。ひろぽんさんも、ぴょういんのみなさんも、とても親切にしてくださって」

「……よかったな、それは」

細い足首の先は、裸足(はだし)だった。もしかすると、病院から出たことはないのかもしれない。

病院の外も、彼女にとって優しい世界であればいいのだが。

そんなことを考えていると、突然、横から素(す)っ頓狂(とんきょう)な声が聞こえてくる。

「Merlin's beard(おどろき桃の木)!! 素敵なお店ですね」

縫製の粗いフリフリのドレスを着たイノシシが、ドヤ顔で隣に立っていた。

またややこしいのが……。

「ハリポタ世界の慣用句を使うな、世界観が崩れちゃうから」

「さすが(さすが)はロリポ(ロリ)さんです。ラノベ主人公顔負けの的確なツッコミ」

「なぜか煽(あお)られてる気がして、あんまり嬉(うれ)しくないな」

これだからオタク同士の会話を文字に起こすのは嫌なんだ。

せっかくのムードが台無しだった。まあ、しんみりしてしまって何を言えばいいのか分からなかったし、黙ってしまうよりはよっぽどいいのかもしれない。

このイノシシ——ケントと顔を合わせるのは、二週間前の、あの夜以来。地下墓所の血みどろの夜以来だ。まさか次に顔を合わせるのが夢の中だとは思いもしなかった。

ひろぽんは口をきく豚とイノシシの登場にも全く動揺せず、にっと笑顔になる。

「よし、全員揃(そろ)いましたね」

そしてケントに、『インセプション』と『秘密』の内容に絡(から)めて現状を説明し始めた。

やっぱり二作品とも知ってるんじゃないか。

ケントは状況をあっさり呑(の)み込んだらしいが、まだ疑問が一つ残っている。

「なあひろぽん、もしかすると、その黒豚は……」

「あ、サノンさんはちょっと、睡眠の状態が不安定みたいで。時間は伝えておいたんですけど、まだICUだから部屋も違ってて。ここに黒豚さんがいるってことは、いい線いってると思うんですけどね」

睡眠の状態？　それに——ICU？　まさか国際基督教大学(ICU)ではないだろう。

イノシシがすかさず訊(き)く。

「サノンさん、そっち(日本)にいるんですか？」

「そう。二週間前かな。突然意識が戻ったんです。やっぱりそっちで何かあったんですか？」

俺はイノシシと顔を見合わせた。

「サノンさんから……聞いてないのか」

「いやあ、サノンさん、意識はあるんですけど、はっきりしゃべれないし。あんまりそういう気分でもないみたいで、詳しくはまだ」

そうか……。もちろん、そういう気分ではないに違いない。

一瞬にして爆発四散した黒豚を思い出す。あの失敗は、さすがのサノンにとっても相当なトラウマだったに違いない。しかし集中治療室（ICU）とは。はっきりしゃべれないほどの容体なのか。

「で、本題なんですけど」

ひろぽんはカップをソーサーの上にそっと置いた。

「ロリポさん、ケントさん、早く戻ってきてください。どうしても、それだけ伝えたくて」

俺とケントは、再び黙って顔を見合わせた。

なんとなく、そういうことだろうなとは思っていた。夢でブレースの声を聞いたときから。

「俺たちの身体（からだ）は……弱ってるのか」

「ええ。やっぱり主（あるじ）のいない身体（からだ）っていうのはあんまりよくないみたいで。パイロットのいないエヴァというか、夏休みのない八月というか」

「二つ目はもう全然関係ないよな」

「まあ私、休学してるからそもそも夏休みとか関係ないんですけどね」

「ああ……そういえば、そっちはもう八月なんだっけ」

「そうですよ。みなさんをスタンガンで送り出してから、四ヶ月以上経（た）ってるんです。『スタンガンは加熱しろ』の二巻、もうすぐ書き終わっちゃいます」

「なんだその変なタイトルの小説は……」

「敵のスタンガンをあらかじめ加熱しておくことで、動作不良を引き起こし勝利する話です」

「その手口をタイトルで明かしちゃっていいのか？」

諸君には大変申し訳ないが、オタク同士の会話というのは、文字に起こすとこのように支離滅裂なものなのだ。ちょっとばかり我慢してほしい。

俺以外では唯一の常識人であるブレースが、俺たちを見ておかしそうに笑う。

「みなさん、とっても仲がいいのですね」

「まあオタク仲間だからな」

メステリアに転移経験のある眼鏡オタクという共通点のみならず、世界に対する基本的な考え方についても、俺たちは割と似通っているのだった。程度の違いはあれども。

ブレースはカップを戻して膝に手を置き、前屈みになってケントと俺を見下ろしてきた。

院内着の下には何も着ていないらしい。それはあまりにも刺激的な光景だった。

ブレースは胸元に無頓着のまま、言う。

「お豚さんたちのいる世界と、こちらの世界とは、今、とても近くなっているのです。そちらで何か異常なことが起こっているのだと思いますが、世界と世界を隔てる境界が、かなり柔らかくなっています。だからこそ、私もこちらへ来られたのでしょう」

何か異常なこと、という部分には、非常に心当たりがあった。

「感覚的な話で、大変申し訳ありません。しかし手応えとして、感じるのです。今こうしてお豚さんたちと話せているのも、心の奥を探ると、お二人のお姿が見えてくるからなのです。世界と世界が、近づいています。今ならきっと、お二人も移動できます」

ブレースの胸元で揺れる、柔らかな二つの球体。彼女が少し腕を動かすと、その球体同士が触れ合って形を変える。今がまさにそのときというわけだ。

……いや、少し違うか。

目を奪われている俺たちにやれやれと苦笑いしながら、ひろぽんが言う。

「だから、今がチャンスなんです。事実、サノンさんは戻ってこられました。今ならロリポさんも、ケントさんも、無事移動できるに違いありません。そして断言します。もう猶予はないです。こっちの身体が死んでしまったら、戻るも何もないでしょう」

ひろぽんの言う通りだ。日本に残してきた身体が死んでしまえば、俺たちはメステリアに取り残されてしまうだろう。でも俺は……。

「悪いが、戻れない」

俺の言葉がよほど意外だったのか、ひろぽんは大げさに目を見開いた。

隣からケントが付け加える。

「オレもです。忠告ありがたいですが、まだ戻れません――最後の仕事を終えるまでは」

沈黙の中に、フゴッ、と鼻の鳴る音が響いた。黒豚がソファーの上で、身体をもぞもぞと動かしている。俺たちの視線はいったんそちらに集まったが、黒豚はそれ以上動かない。

「どうして？　なんですか、最後の仕事って。命より大切なことですか」

ひろぽんは戸惑った。当然のことだ。こちらの事情は、知らないも同然なのだから。

話せば長くなる。あまりにも長くなる。

そしてこちらにいる俺たちにしか、きっと分からないことだった。

「とにかく、もう少し待ってくれ。片付けなきゃいけないことがある」

眼鏡の奥で、ひろぽんの目が困ったように動く。

「いや、私は全然待ちますけど……お二人の身体がヤバいんですって。これはガチで。もうすぐ五ヶ月経つんですよ？　のんびりしてたら、生命活動どころか、夏アニメまで終わっちゃいますって」

それは結構困るな……。

「お豚さん、どうか、私からもお願いです」

ブレースが頭を下げた。長い髪がさらりと広がるとともに、胸元も大きく広がった。

「生きて、戻ってきてください。こちらの世界を、お豚さんたちに案内してほしいのです」

「それは……俺だって、もちろん、そうしたいんだが……」

目を逸らす。隣でケントも、頑張ってブレースの胸の辺りを見ないようにしていた。

ケントが言う。

「きっと日本(そちら)へ戻ります。時間もそんなに、かからないと思います」

「時間がかからない？」

俺は思わずケントに尋ねた。とてもそうとは考えられなかったからだ。

「あれ、ロリポさんの入れ知恵じゃなかったんですか、招待移住(ジノーキス)の話。融和的なムードになってきているのだと思っていたんですが」

聞き覚えのないメステリア語が飛んできて、困惑する。

「なんだそれ」

「王朝は、元イェスマたちを、無条件で王都(崖の内側)に受け入れてるじゃないですか」

「そうなのか……？」

異世界獣同士で擦り合わせのできていない俺たちを、ブレースが不思議そうに見てくる。

「無条件に、ですか……？　イェスマ全員を？」

ブレースに聞かれて、イノシシは大きく頷(うなず)く。

「はい。雇用主には、手切れ金もちゃんと支払われるそうです。もちろん大勢が応じ始めてますよ。いい兆(きざ)しです。てっきり、ロリポさんたちが王(シュラヴィスさん)を説得したとばかり」

「いや……俺はそんなことはしてない。そもそもあいつとは、まだ会話すらできてないぞ」

ぽかんと口を開けるイノシシ。

「Merlin's beard(おどろき桃の木)…」

「世界観な」

「おどろき、桃の木(Merlin's beard)……」

「そういう問題じゃないんだが……しかしまずいな、俺は王都にいたことで、むしろ事態を把握し損ねていたらしい。外で何が起こってるのか全然知らなかった。まさに井の中の豚だな」

あの事件以来、俺はずっと王都の中で過ごしていて、外が全く見えていなかった。

井戸に落ちてしまった豚のように。

「蛙(かわず)では？」

ツッコミを入れてくるひろぽん。そうだったかもしれない。

イノシシは不安げに小さな牙をカチカチ鳴らして、つぶらな瞳で俺を見てくる。

「……思っていたよりも、残された時間(タイムリミット)は厳しいのかもしれませんね」

「でも、やるしかない。そうだろ？」

俺たちがめちゃくちゃにした世界だ。俺たちの手で――前脚で、戻さなくてはならない。

せめて、致命的に仲違(なかたが)いしてしまった王朝と解放軍を、和解させなければならない。

しばらく沈黙があった。

「……この豚足で、歪(ゆが)んだ世界を変えられると……私は、過信していました」

突然割り込んできた、弱々しい声。

黒豚が、少しだけ顔を上げていた。

身体を丸めたまま、わずかに首を起こして、ウルウルと潤んだ黒目でこちらを見ている。

「サノンさん……？」

「本当に、申し訳ないことをしました……みなさんにも、彼にも……シトさんにも」

あまりに声が震えているので、驚きよりも心配が先に来た。

「大丈夫ですかサノンさん、あんまり無理してしゃべらない方が……」

「私は……指図できる立場ではありませんが……」

サノンの声は病弱そのものだったが、その奥には強い意志を感じ取ることができた。

「お二人がその気なら……必ず、やり遂げてください」

ひろぽんが慌ててサノンを遮る。

「待ってください。二人だってサノンさんと同じで――」

「お二人は、まだ若くて、健康です……ブラック企業に身体を壊され、殺されかけたこともない……私が大丈夫だったなら、お二人には……もうしばらく、時間があるはずです。夏アニメも、いつか一緒に配信で見ましょう」

まるで老人の遺言のような、しわがれ声。

「どうか、お願いです……私が失敗してしまったことを……ロリポさん、ケントさん、どうかお二人の力で……やり遂げてほしいんです」

俺とケントは黒豚の方を向いて——自然と頷いていた。

息も絶え絶えに、黒豚は言う。

「必ず……必ず道はあります……どうかお願いしま…………すや」

言葉はそこで切れた。黒豚は目を閉じている。鼻息が聞こえる。眠っているらしい。

………。

「自分の口で『すや』と言って寝る人があるかっ!!」

たまらず俺は、ツッコミ系主人公に逆戻りしていた。


柔らかい布団の中で目を覚ます。

悪夢のような夢だった——というか、悪夢だった。

インフルエンザのときに見る夢のような、オタクトークの書き起こしを一四ページくらい読まされたかのような、そんな類の苦しみに、豚の身体は朝からぐったりだ。

「……はにゃ?」

おかしな声を発しながら、ジェスが隣でむにゃむにゃと口を動かした。

振動で起こしてしまったらしい。カーテンから漏れる光はすでに明るかった。

「もう朝でしたか……豚さん、おはようございま………」

ゆったりと呟（つぶや）くような言葉が一瞬途切れて。

「…………すや」

ツッコまないぞ。

昨晩も遅くまで、図書館で資料を漁（あさ）っていた。毎日、目が危なっかしく充血するまで読書をやめないジェスも、それに付き合っている俺も、最近はかなり夜更（よふ）かし気味。品行方正が豚を連れて歩いているようなジェスだが、すっかり夜型になり、朝に弱くなってしまった。

もちろん、寝ぼけているジェスは大変可愛（かわい）いので、文句があるわけではない。

今日もまた、遅起きのせいで目が冴（さ）えて、夜遅くまで読書をすることになるのだろう。

世界の歪（ゆが）みを――超越臨界（スペルクリツカ）を解除する鍵は、まだ見つかっていないのだから。

「可愛（かわい）くはないです」

「地の文だ」

もう何千回と繰り返したようなやりとりをしながら、俺たちはベッドから出た。ちなみに誤解がないように言っておくが、これは決して朝チュンとかではない。夜が更（ふ）けるとジェスに蹴飛ばされさえする豚型抱き枕としての地位を、俺は不動のものにしていた。

「えええ、また蹴ってしまいましたか……ごめんなさい……」

ジェスはこう見えて、割と寝相が悪いのだ。

「全然痛くないから大丈夫だ。むしろご褒美（ほうび）というか」

「えむ豚さんなんですね」

諸君は純真な少女に変な言葉を教え込んではいけない。

ジェスがカーテンを開けると、明るい黄色の空が広がっている。この気まぐれな色調補正にもすっかり慣れてしまった。むしろ空の色で日々大喜利をしているくらいだ。

「では、今日の空模様について一言感想をおっしゃってください。私が『そうですね』と答えますので、続いて天気予報をお願いします。はい豚さん早かった」

「いい天気だな、レモンみたいに爽やかな空だ」

「そうですね！」

「昼過ぎから天気が崩れるので、唐揚げにレモンをかけない派の人は傘を用意しましょう」

…………。

ジェスの反応はあまりよろしくなかった。微妙な顔で小首を傾げている。

「あの、からあげ、って何でしょう」

そこからだったか。

「唐揚げっていうのは俺のいた国じゃ大人気の食べ物で、まあ簡単に言えば、味をつけた鶏肉とかを薄めの衣で揚げた料理だ。お店で提供されるときにはたいていレモンがついてくる。その果汁を絞って振りかけると油っぽさが中和されておいしいんだが、もちろんそれを好まない人もいるんだよな。だから複数人で唐揚げを食べるときには『レモンをかけていいですか？』

って確認するのがマナーみたいになっている。だが、しばしば断りもなく唐揚げにレモンをかける人間がいて、そうすると唐揚げにレモンをかけない派の人は不愉快に思ってしまうわけだ。まあそういう文化的な背景を元ネタにしたのが、俺のさっきの天気予報ってことになる」

大喜利の内容をここまで詳細に説明させられるほどの拷問があるか？

「えっと……ごめんなさい、あんまりよく分かりませんでした……」

「俺が悪かったから、どうか謝らないでくれ。もっと悲しくなってくる」

「違うんです、すみません、私の理解力がないばっかりに。豚さんの言ったこと、本当はとっても面白いんですよね。面白さの分からなかった私が悪いんです」

泣いていいか。

「いや、そんなに面白くなかったと思う。気にしなくていいんだ」

「……あ、あははは、なんだか面白さが分かってきた気がしました！　面白いです！」

気遣って笑ってくれるその優しさがむしろ苦しい……！

俺の微妙な大喜利に端を発した気まずい会話は、ジェスの「いつか一緒に食べましょうね、からあげ」という天使のような一言によって終息した。

「ところでジェス、夢の件で進展があったんだが」

ジェスはベッドの反対側で着替え始めていた。一方の俺は、床に伏せてそれを見ないようにしている。衣擦れの音が止まったのが分かった。

「……ブレースさんの声が聞こえるという、あの夢ですか？」

「そうだ。いい知らせと悪い知らせがあるんだが……どっちから聞きたい？」

しばらく悩んだ後、ジェスは言う。

「では、いい知らせで」

「実はな、昨晩、格段と夢がはっきりしてきて――」

ジェスは心の声を聞くことができるが、夢の内容を見ることまではできないそうだ。サノンを含む豚仲間と話したことや、それを実現させたブレースのこと、そしてブレースが日本に転移したらしいということを、俺はジェスに説明した。

オタクトークを割り引いてみれば、これはけっこう単純な話だった。

死ぬ前に俺のいた世界へ行きたいと願ったブレースが、その悲願を叶えたことで、こちらの世界とあちらの世界を繋いでくれている。

「……ブレースさんは今、それじゃあ、豚さんの世界に」

「ということみたいだ。もし夢が、本当だったらな」

着替える音はさっきからずっと止まっている。ジェスと顔を合わせて話したかったが、そうすると他のものまで見えてしまいそうだったので、俺が伏せたまま会話は続く。

「それは……とっても嬉しいことですね！　お元気そうでしたか？」

「ああ。元気そうだったぞ」

相変わらず、胸も大きかったし。

「そうですか」

ジェスの声が少し低くなったのは、やはりブレースの最期を思い出したからだろうか。

「いえ、豚さんが胸の大きさについて考えたからですが……」

「すまない」

「……でも、確かにあのときのことは、今も度々思い出します。ブレースさんがいなければ、私はきっと、針の森を無事越えられなかったはずですから」

ブレースはジェスの身代わりになって命を落とした。そして彼女の死がなければ――イエスマ狩りたちがブレースのことをジェスだと勘違いしなければ――ジェスはあの戦いで、もっと執拗に追われていたかもしれない。

「ブレースの祈りは深世界でも俺たちを助けてくれた。感謝してもしきれないよな」

「ええ。最初の首輪の本当の在処が分かったのも、ブレースさんの噂話のおかげですし」

あのヒントがなければ、イエスマ解放の道は閉ざされていたかもしれない。

旅路で共にした時間は短かったし、交わした言葉は少なかったが、それでもブレースの存在は、俺たちにとって決して小さなものではなかった。いや、とても大きかったと言っていい。

それはまるで、太陽の下で咲き誇る大輪のヒマワリのように。

「何の話ですか」

「……存在感の話だ」

「そうですか」

　声が怖かった。決して乳のことなんて考えていないのだが。

「……そうだ！　もし何か伝えたいことがあったら、また同じような夢を見たとき、俺からブレースに伝えておくぞ」

　誤魔化すように言うと、ジェスの声が明るくなる。

「本当ですか？」

　その顔が、ふと暗くなる。

「……でも私、ブレースさんにどんなことをお伝えすればいいんでしょう」

「どんなことって……別に何でもいいんじゃないか」

「ブレースさんは、私のために進んで命を犠牲にしてくださった方です。そんな方に、いったいどんな言葉をかければいいのでしょうか……適切な言葉を、私は知りません」

　確かに、いい言葉を選ぶのは難しい。俺もいざ当人と対面したとき、何を言えばいいのか分からなかったのだ。それは決して、大きな胸だけのせいではない。

「そうだな。俺たちのために死んでくれてありがとう、だなんてとても言えないし……だからといって、俺たちのために死んでほしくなんてなかった、とか言うのも、違うよなあ……」

「ええ」

ブレースの死は、俺たちの望んだことでは決してなかった。

しかし、彼女が望んだことだった。

本人はすべてに納得したうえで、俺たちを守って死んでしまった。一方の俺たちは何も納得できないまま、彼女の死を目の当たりにしてしまった。

ブレースの物語は、俺たちにはどうしようもないほどに、しっかりと定まっていたのだ。

物語が定まっている人にかけられる言葉というものは、情けないほど少ない。

「……まあ、あれだ、現状報告とか、いいんじゃないか。今どんな風に暮らしてるかとかさ」

「そうですね。おかげさまで、二人で元気に暮らしています、とお伝えください」

「分かった」

クソ惚気みたいになってしまうが、ブレースの死の話をするよりは、よっぽどいいだろう。

「また夢を見ることがあったら、ジェスに続報を伝える」

「楽しみにしていますね」

着替えの音は依然してこない。ジェスは俺の夢の話に興味津々のようだ。

「……それで、悪いニュースというのは？」

口を開きかけて、少し考える。

「あれ、何だったっけな」

「む」

着替え途中のはずのジェスがこちらに歩いてくる音がしたので、俺は慌てて話す。

「夢の中で、ケントが何か変なことを言ってたんだ。招待移住(ジノーキス)、だとかなんとか」

「招待移住(ジノーキス)？」

ジェスの足音が止まった。

「聞いたことあるか」

「いえ……誰かを招待して移住させるという以上の意味は、知りません」

「そうか。実は王朝が、イェスマを王都内に呼び戻してるらしいんだ」

俺はケントから聞いた話を簡単に説明した。

「……でも俺たちは、それに全然気付かなかっただろ。あんまりいい兆候じゃない。俺たちを置き去りにして、世界が動き始めている。きちんと情報を仕入れなきゃいけない」

「シュラヴィスさんとお話しできなくなってから、確かに、王都の外のことが全然分からなくなってしまいましたね……」

「だろ。だから今日は、少しそっちの調査もしてみないか。まずはケントと、夢以外の方法で連絡をとってみたい。もしケントにも同じ夢の記憶があれば、ブレースの夢が本当だという裏付けがとれる。夢が本当なら、どんな状況でも夢を通じてケントと情報共有ができる」

「分かりました！　そうしましょう！」

頷(うなず)いて振り向くと、ジェスはまだとんでもない格好をしていた。

遅めの朝食――というか早めの昼食を済ませ、俺たちは鳥の飼育小屋へ向かった。いつだかジェスの香り付きの手紙をノットのもとへ送るのに使った場所だ。

小屋というよりは動物園の鳥類館で、金網で仕切られた区画に様々な種類の鳥たちが飼われている。向かうのは猛禽コーナーだ。王都内でも比較的標高が高く風通しのいい場所に作られているため、寒い風がびゅうびゅう吹き抜けていく。鳥たちはとまり木にじっとしたまま羽毛を逆立て、団子のように丸くなって晩冬の寒さに耐えていた。

「今回も、フクロウさんでいいですか？」

丸太の上でじっとしているシロフクロウの方へ、ジェスは歩いていく。シロフクロウは期待に満ちた丸い目でジェスの方を見つめた。

「いやいや、ダメだ。そいつは生意気だからな。ジェスの耳を甘噛みした前科がある」

「いいじゃありませんか、可愛らしいですし」

ジェスは細い人差し指でシロフクロウの腹を撫でた。シロフクロウは嬉しそうな顔で嘴をカチカチと鳴らす。

「……フクロウは本来夜行性だろう。昼に仕事をさせるのはよくない」

「豚さん……」

ジェスの瞳がこちらを不思議そうに見てきた。

「もしかすると、嫉妬されているんですか？」

「まさか。誰が鳥なんかに」

楽しそうにふふっと笑って、ジェスはシロフクロウを撫(な)でるのをやめた。

「ちなみにこの白いフクロウさんは、例外的に昼行性だそうですよ」

「そうなのか？」

「ええ。王朝の図鑑で読みました。夏に夜が来なくなる場所からやってきたそうです」

そうか。シロフクロウは本来、白夜(びゃくや)のある北極圏の鳥。白い羽は雪原用の迷彩だ。夜がない時期に適応して、昼にも活動するようになったというところだろう――もちろんこれは、俺のいた世界での話になるのだが。

「それは、メステリアの外から来たってことか？」

「そうでしょうね。今でこそ、海を遠くまで旅した方々は永久に帰ってこられないのですが、太古の時代までは、海の外とも交流があったと考えられているようですよ」

「はえー」

初耳だった。その経緯には大変興味があったが、話が逸(そ)れそうなので、今回はやめておく。

俺は意地を張って、またシロフクロウに仕事を依頼することに決めた。

べ、別にジェスの耳を甘噛(あまが)みしたくらいで、嫉妬なんてしないんだからねっ！

そういう意思表示である。

ジェスにしたためてもらったヌリス宛の手紙を脚に括りつけて、見晴らしのよい屋上からシロフクロウを放つ。奴は小屋から移動している間、ジェスの肩にとまって、その頬に身体をすりつけていた。

無事返信を回収してきた暁には、焼き鳥パーティーを開催することにしよう。

「……でも、もしシュラヴィスさんが本当にその招待移住を推し進めているのだとしたら、いったいどのようなお考えなのでしょう」

飼育小屋から図書館へと移動する道すがら、ジェスが訊いてきた。

白っぽい岩を削って造られた階段を下る。左右は切り立った岩肌だ。樽や木箱の置かれた横穴がぽつぽつとあるばかりで、周囲に人の気配はない。内緒話だ。そのあたりはジェスも配慮しているのだろう。

「どのような考え、っていうのは？」

「首輪の外れたイェスマの方々を無条件で王都に招き入れているのだとすれば……それはとても素晴らしいことです。王都に入れば、イェスマの方々の危険もずっと少なくなりますから。シュラヴィスさんには、解放軍の方々に歩み寄る姿勢があるということになります」

「魔法使いを野放しにしておきたくないという王朝の意向とも噛み合ってるしな」

イェスマが首輪から解放されて、まだ二週間。俺たちは、便利な移動手段であった王朝の龍が今では使えないこともあり、王都に帰ってからは一度も外に出ていない。

王都に帰るまでの道中で通過した街には、まだ変化という変化はあまり見られなかった――それはそもそも、超越臨界（スペルクリツカ）という異常事態があまりに目立ちすぎているせいかもしれないが。

ジェスによれば、首輪が外れたところで、一週間やそこらで魔法が使えるようになることはまずないらしい。変化は劇的なものではなく、ゆっくりと受け入れられていくのだろう。俺たちにはそんな楽観視があった。

だから、ジェスと俺はもっと根本的な問題に注力している。シ、ュ、ラ、ヴ、ィ、ス、と、対、話、す、る、こ、と、だ。

「シュラヴィスさんがいいことをしているのは、喜ばしいことです。でもそれなら――」

ジェスは立ち止まった。赤いレンガの壁で、道の向こうが塞がっていたのだ。

「――それならどうして、シュラヴィスさんは私たちと会ってくださらないんでしょう」

レンガの壁は王宮を囲むように、いたるところに造られた。一週間ほど前、俺たちが王都へ帰ってきたときには、すでにこうなっていた。

王宮の、ジェスの部屋がある側には入ることができる。しかしシュラヴィスの生活エリアへとつながる廊下は、同様のレンガの壁によって隙間なく塞がっている。

隙間なく、そして隙もない。上からの侵入を試みても、どこかで必ず、壁にぶつかってしまう。シュラヴィスは王都の構造を熟知していた。色々な隠し通路を試してみたが、ことごとく失敗に終わった。ジェスの魔法で壁の破壊を試みても、ダメだった。その理由は――

「炎術・爆破」

ジェスが唱えて右手を出すと、巨大な液体燃料の塊が前方に勢いよく射出された。

レンガの壁にぶつかって、燃料がはじけ飛ぶ。その瞬間に着火し、道の向こうでとてつもない爆発が起こった。轟音と爆風がほぼ同時にやってくるが、爆風はジェスの魔法によってすべて防がれた。鼓膜がビリビリと痺れる。

俺がびびっている間に、ジェスは迷いのない足取りで爆心地へと歩いていく。手慣れたものだ。一日一爆裂ではないが――こうして毎日、壁を壊そうと試みているのだから。

闊歩するジェスの周囲で、爆発によって崩れたレンガがふわりふわりと浮かび上がる。ジェスが両手を振り上げると、そのレンガのすべてが砲弾のような勢いで射出され、容赦なく壁を追撃した。空気を切り裂く音が、まるで戦闘機だった。

この攻撃を浴びれば、普通の城壁くらいだったら、無残に粉砕されてしまうだろう。

しかし前方には、大きく抉れてはいるものの、針の穴ほどにも貫通していないレンガの壁が立ち塞がっていた。とてつもない厚さのうえに、魔法で補強されているのだ。

さらには砕けた破片が逆再生のように穴へと戻っていき、自己修復を始める。

「ここもダメそうですね……また試しましょう」

ジェスはこちらへ戻ってきて、俺と一緒に来た道を引き返す。

文字通り、俺たちと王シュラヴィスの間には、分厚い壁があるのだ。

他の道を探しながら、考える。

「案外、あいつも気が小さくなってるだけかもしれないぞ」

「気が小さく、ですか……？」

「最終的にはクーデターを完遂しようとしたサノンが悪いとはいえ、それでもこんな状況になったのは、やっぱりシュラヴィスの独断のせいだ。側近を死なせてしまったのも、母を死なせてしまったのも、自分の責任だと考えてるに違いない。気が小さいというか、自責の念から俺たちと合わせる顔がないなんて考えているとしたって、全然不思議じゃない」

会心の策だったはずの「十字の処刑人」事件は、身内に暴かれて失敗し、最悪の結末を招いてしまった。そしてそれを暴いたのは、俺たちだった。

「でも、あんなに難しい立場にあったら、きっと誰だって、どんな形であれ、いつかは失敗してしまったと思います。混乱する世界の中で突然王様になって、助けもなく、王朝側と解放軍側の相反する主張をぶつけられて……シュラヴィスさんだけが悪いとはとても思えません」

ジェスは真剣だ。必死にシュラヴィスを庇おうとしている。

確かにこんな妹がいたら、心強いに違いなかった。

「もちろん俺もそう思う。早まりすぎだったが、シュラヴィスの計画は、ある向きでは至って合理的だった。あれ以外にいい打開策があったかと言えば、俺も思い付かない。でもあいつは生真面目な奴だ。現状を他人のせいになんてできやしないだろう。全部背負い込む」

ジェスも同じ真面目な人間だから、その気持ちが分かるのだろう。胸を押さえて俯く。

「……私は、もっとシュラヴィスさんのために何かして差し上げるべきでした」

「そうだな。俺たちはもっと早く、あいつに寄り添ってやるべきだった」

分岐を曲がって、細いトンネルに入る。小さなランタンが先を照らしている。

「それができなかったから、たとえいまさらでも、これからそれを精一杯やるんだ」

「はい」

ジェスは強く頷いた。

物理的な壁を突破できないのであれば、心理的な壁を突破するしかないのだ。

トンネルを抜けると、図書館に近い広場に出た。放置され伸び放題になった植木の向こうに図書館のずっしりとした建物が見える。

俺たちは、シュラヴィスに会う方法を模索しているとき以外は、たいていそこで、超越臨界をいかにして解除するか——願望の世界と融け合ってしまったこの世界をいかにして元に戻すかを調べている。

超越臨界が起こってしまった理由については、すでに明らかになっている。

このメステリアに全部で一二八個あった契約の楔を、すべて使い切ってしまったからだ。

俺たちが、使い切ってしまったからだ。

契約の楔は、人に魔力を与える結晶。それが人間の身体に打ち込まれるたび、この世界を動かす魔法の力は大きくなり続けていた。言い換えれば、願望の世界である深世界と、こちらの現実とが、釘を一本一本打ち込んでいくかのように、楔によって結合され続けてきた。

俺たちはそんな仕組みを知らなかった。

知らずに、最後の楔を、最凶の王を斃すために使ってしまった。

最後の楔を打ち込んでしまった。

結果、結合の限界が訪れ、深世界と現実の世界が融け合ってしまった。

それが超越臨界。

これをどうすれば元に戻せるか考えることは、まさに暗中模索だった。

だいぶ手詰まり感はあったが、暗黒時代以前の書物で、契約の楔について書かれたものは無数にあったから、今はあてもなくそれを読み散らしているところだ。

図書館の中は、相変わらず薄暗く、静謐だった。他に人のいる気配はない——と思ったところ、俺の豚鼻が微かな違和感を覚える。

確かに嗅いだことのあるにおい。しかし図書館の中で嗅ぐことはなかったにおいが、ふわりと漂ってきた気がしたのだ。

急いでジェスの脚を嗅ぐ。

「……ちょっと似ているが、違うな。これはジェスのにおいじゃない」

「突然脚を嗅がないでください」

「悪いが、緊急事態なんだ。必要に迫られている」

もう一度ジェスの膝の裏を嗅ぐと、その華やかな香りに心が落ち着いた。冷静に考えよう。ジェス以外の誰かのにおい。馴染みがあって、ジェスにどこか似ているが、ジェスほどの華やかさはない。きっと野郎のものだ。とすると――

〈シュラヴィスが、近くにいるかもしれない〉

心の声で言うと、ジェスが目を丸くして振り返ってくる。

――本当ですか？

〈ああ。においがするんだ。シュラヴィスのにおいがな。つい最近のものだ〉

――それが分かったのであれば、豚さんがまだ私の脚を嗅ぎ続けている理由は……？

〈すまない、なんだか落ち着くにおいだったから……〉

鼻先をジェスの脚から離し、顔を上げて合図する。俺は先を歩いて、シュラヴィスと思しきにおいを辿った。ジェスは警察犬のハンドラーのように、俺の後ろをついてくる。

においは迷いなく、図書館の最奥部――俺とジェスが通う王家専用エリアへと続いていた。

俺たちに用があったのか、それとも蔵書に用があったのか。もし蔵書に用があったのだとすれば、まだ本を探しているかもしれない。

シュラヴィスが壁の外に出てきてくれたなら、こんな機会は願ってもないことだった。

ジェスは生体認証で鉄格子を開ける。後ろ手に閉めると、がちゃりと鍵がかかった。

狭いスペースだ。もしまだシュラヴィスがいるのであれば、袋の鼠である。

においは確かにある。そこまで空気の入れ替わりが激しくない場所だから、空気中にも微かに痕跡があった。

しかし――シュラヴィスの姿はもうなかった。

「遅かったか。もう出た後だな。追ってみるか？」

「もちろんです」

俺たちはすぐ引き返して、図書館を出た。石畳を嗅ぐ。

「まだ奴のにおいが残っている。追えるかもしれない」

「行きましょう！　チャンスです！」

駆け足で、シュラヴィスのにおいを追跡する。角を曲がって大通りを抜け――かなりの距離を追うことができた。まだ近くにいるかもしれない。

そう思っていたところで、突然、においが途絶えてしまった。

まっすぐな裏路地。一本道で、脇道も、建物への入口もないところだった。

ジェスが上を見て、ため息をつく。建物の隙間から、黄色い空が見えるばかりだ。

「ここから飛んでしまったんでしょうか……」

「もしくは、においが残らないよう、魔法で地面に足が着かないようにしたとか」

「十字の処刑人」事件のときも、シュラヴィスはそうやって自身の関与を隠していた。

「そこまでして……シュラヴィスさんは、私たちを避けるのでしょうか」

「……まあ、仕方のないことだ」

しばらく周辺を嗅ぎ回ってみたが、それらしい痕跡は見つからない。

シュラヴィスは馬鹿な奴ではない。もし俺たちに来てほしくないのであれば、うっかり手掛かりを残してくれるようなことは期待できないだろう。

Uターンして、図書館に戻る。シュラヴィスがあの王族専用エリアへ来ていたというのが間違いでなければ、何か手掛かりが残っているかもしれない。

そして俺たちは、調査用にたくさんの本が積まれた机の真ん中に、一つの封筒を見つけた。

ジェスの下着のように真っ白な紙――それは紛れもなく、王家のものだった。

胡乱な目で俺を見ながら、ジェスはスカートに気を付けてしゃがみ、俺の目の前に封筒を持ってくる。何も書かれていなかったが、手紙に付着したにおいは、この場に来た者のにおいと一致していた。

「シュラヴィスからの手紙だ」

「中に何か、金属のものが入っているようですよ！」

「さっそく開封してみよう」

ジェスは何もないところから手品のようにペーパーナイフ形の金属を創り出し、封筒を丁寧に開封した。

中から出てきたのは、一枚の白い紙と、細い銀の鎖でできたブレスレットだった。

紙には黒いインクの流麗な文字で、簡潔な文章が書かれている。

　超越臨界（スペルクリツカ）を解除する方法が見つかった。

　原因は、こちらと深世界（しんせかい）とを繋（つな）ぎ留（と）める契約の楔（くさび）。

　したがって、身体（からだ）に楔（くさび）を宿す者がいなくなればよい。

　解放軍には、セレスの身柄を直（ただ）ちに差し出すよう通達を送ってある。

　もし彼女の行方が判明した場合には、このブレスレットで連絡をくれ。

しばらく、書いてあることを理解するのに時間を要した。

身体（からだ）に契約の楔（くさび）を宿す者——見送り島への遠征のとき、セレスがノットから引き受けた呪いを解除するために、俺たちはセレスに契約の楔（くさび）を刺した。他に楔（くさび）を刺された者は——楔（くさび）の仕込まれた破滅の槍（やり）を受けたホーティスはすでに死んでいるし、救済の盃（さかずき）に隠された楔（くさび）で不死の魔法を解除されたあの術師も、シュラヴィスによって殺された。

楔（くさび）はそれら三つを除いて、すべて王朝の祖ヴァティスの時代までに消費されている。

そしてヴァティスの時代の生き残りは、すでに死に絶えているはずだ。

「……セレスさんは、確かに、契約の楔（くさび）を身体（からだ）に宿す最後の一人と言えるかもしれません」

ジェスが囁（ささや）くように言った。俺も言葉に迷いながら、呟（つぶや）く。

「でも、それじゃあ、もしここに書かれていることが本当なら……」

言葉にはしなかった。だがジェスと俺の間で、絶望的な仮説が共有されていた。

超越臨界（スペルクリツカ）を解除する条件が、楔（くさび）を宿す者がいなくなることだとしたら。

それはセレスがいなくなることを意味する。

世界を元に戻すためには、セレスが消えなければならない。

シュラヴィスがセレスの身柄を差し出すよう要求したのも、このためだろう。

そして、俺たちにこの置手紙を残したのは――

「シュラヴィスは、俺たちならセレスと連絡を取る可能性が高いと踏んだんだろう。だから対面は拒否しながら、手紙を残していった。何としてでも、セレスだけは捕まえるために」

「そんな……」

シュラヴィスの顔が見えないことが、こんなに不安に思えたことはなかった。

あいつはいったい、何をしようとしている？

セレスを捕まえて、どうする気だ？

まさか……そんなことは考えたくもないが、あいつは……。

「シュラヴィスさんを、呼び出しましょう」

ジェスがブレスレットを手に取った。

鎖状のブレスレットには、腕時計の文字盤のように、コイン状の銀板がついていた。その中央には、小さな緑色の宝石が嵌め込まれている。

「これは……王都で普通に作られている魔法道具ですね。緑のリスタを押し込むと、対になるブレスレットへと声を届けることができるんです」

ジェスは言いながら、ブレスレットを左手首に着けた。金具はそんなに複雑な構造ではなかったが、焦っているのか、装着に何度か失敗していた。

装着すると、それはジェスにぴったりのサイズだった――いや、これには少し語弊がある。ぴったりサイズというか、本当に文字通りぴったりと肌に巻きついていて、血流を遮らないギリギリくらいの大きさだった。

ジェスが指でリスタを押すと、ブレスレットはぼんやりと緑に輝いた。すぐに呼び掛ける。

「シュラヴィスさん！　聞こえますか、シュラヴィスさん！」

しばらく待ったが、返答はない。

ジェスが指を離すと、ブレスレットの輝きはぷつりと消えた。

それから色々な呼び掛けを試してみたが、すべて無駄だった。

セレスが見つかったという嘘をついてみたりもしたが、それまでに何回もただ呼び掛けることをしてしまっていたから、まあ、あまりにも見え透いていただろう。

またしばらくしてから試すことにして、結局諦めた。

ジェスはリスタだけ外して、ブレスレットは着けたままにした。手紙は折り畳んでスカートに挟み込む。

せめて一度だけでも、話をさせてくれれば――。

そんな思いが心の中で、延々と重く渦巻くばかりだった。


俺のくだらない天気予報が当たってしまい、昼過ぎから雨が降り始めた。

雨音を聞きながら図書館で調べ物を続ける。しかし、セレスの件もあり気が気でなく、もともと芳(かんば)しくなかった進捗は、今日に関してはほぼゼロと言ってよかった。

シュラヴィスは、セレスを捕まえようとしているらしい。

そしてそのことを、すでに解放軍に通達したという。

もし本当だとしたら――ノットなんかは、確実に激怒していることだろう。

不幸にも、俺たちにできることはあまりにも少ない。だからせめて、セレスが消えなくてもいい方法を、そんなものがあるかも分からないまま、求め続けるしかなかった。

上司書の長(おさ)ビビスが現れたのは、そんなときだった。

長くまっすぐな銀髪の老婆。右手の中指には、王の側近にのみ与えられる金の指輪が輝いている。いつもなら意味ありげに微笑(ほほえ)んでいるのだが、今日はどこか、もの思わしげな表情だ。

「手紙を、受け取ったのね」

俺とジェスはなんと返事してよいのか分からず、本から目を上げた姿勢のまま固まる。

「……きっと、セレスという女の子のことが書かれていたのでしょう」

「どうして、それを」

ジェスが慎重に尋ねた。ビビスにはこのエリアに入る特権がある。声が漏れ聞こえたのかもしれないし、心の声を聞かれたのかもしれない――そういう可能性を考慮しているのだろう。

ビビスは悲しそうに微笑(ほほえ)む。

「陛下のために調べ物をしたのは、私ですもの」

「えっ……」

ジェスが一瞬、言葉を失った。そしてすぐに、前のめりになって訊(き)く。

「ビビスさんは、シュラヴィスさんと会っているんですか？」

「もちろん。今は三人しかいない、最側近ですから」

椅子を引いてきて、ビビスは静かに腰掛けた。何か話をするつもりらしい。

「あの！　どうかシュラヴィスさんに、私たちと会うよう話していただけませんか？」

ジェスの必死の訴えを、ビビスは残念そうに首を振っていなす。

「申し訳ないけど、できないわ。たとえ陛下のためでも、陛下に逆らうことはできないの」

骨ばった指が、金の指輪をそれとなく触る。

「シトに近しかった者たちが、あれからどうなったことか……」

どうなったのかは、とても恐ろしくて訊けなかった。

サノンに唆されてシュラヴィスを殺そうとした、司令官の長、シト。元々はビビスと同じ最側近だったが、裏切りの後、殺されかけて左脚を失い、今も逃亡中である。もし本人が見つかったら、確実に処刑されるだろう。

かつて女王ヴァティスの夫が殺されたとき、犯人と疑われた者たちは一族郎党ことごとく処刑された。その肉体は石にされ、今も王都のいたるところに飾られている。それが王家に刃を向けるということだ。

「今日はね、あなたたちに、大切なことを伝えにきたの」

その視線が、少しだけ、ジェスの手首に光るブレスレットへと向けられた。

ジェスが唾を飲んで、頷く。

「……何でしょうか」

深い息を吐いてから、ビビスはゆっくり口を開いた。

「契約の楔のことは、どうやら本当らしいわ。この超越臨界を終わらせるためには、セレスという女の子の身体に残った契約の楔を、この世から葬り去らなければならないの。そして今のところ、それを実現させせる方法はたった一つ」

　ビビスは先を言わなかったが、俺は確証を得たくて訊く。

「何ですか」

「セ、セレスという子の、死よ」

　隣でジェスが肩を震わせるのが見えた。俺はまだ、泣くわけにはいかない。

「他に方法はないんですか」

「あなたたちとは仲のいい子だったみたいね。でも残念ながら、今のところ方法はないわ」

「今のところ、ってことは、これから見つかる可能性があるってことでしょう」

「その可能性は……もちろん、論理的に、ないとは言い切れないけれど」

　否定ではなかったが、果てしなく否定に近い返答だった。

　洟をすすって、ジェスが言う。

「でも……そもそもどうして、そのようなことが言い切れるんでしょう。私、文献をたくさん調べました。でも楔を宿した人の死だなんて……そんなこと、どこにも……」

「ええ。この世界で初めて起こっていることの確実な終わらせ方を、この世界の人が知っているはずはないもの。この世界の人が書いた書物に、答えなんてあるわけがないわ」

　言っていることが、よく理解できなかった。

「では、この世界の人ではない誰かの書いた書物に、答えがあったとでも？」

俺やサノン、ケントはこの世界の者ではないが、同様の転移者がいるということだろうか。

「……あなたたちも、ルタという男のことは知っているでしょう。王朝の祖、ヴァティス様の夫となった人。楔の在処を視る異能をもっていた人。あなたのように死から蘇りながらも、妻と息子を置いて西の荒野に消えていってしまった、謎に包まれた人物」

ジェスも俺も、頷いた。何ならその男の眼球を持ち歩いて宝探しをしていたくらいだ。

だからこそ、ビビスの告げたことは衝撃だった。

「ルタはね、異世界からやってきた人物なのよ」

俺とジェスは、しばらく反応できなかった。言われたことを理解するのに時間を要した。

「それは……僕のいた世界から、ということですか？」

ビビスは首を振った。

「あなたの世界ではないと思うわ。なぜなら彼は、元々魔法が使えたはずですから」

つまり……ルタは、この世界でも、俺のいた世界でもない、全く別の世界から来た人物ということになる。

「あなたの世界がこちらと繫がってしまったように、こちらの世界も、太古の昔から別の世界と繫がっていたのよ。ルタはそこから来たと、そうヴァティス様の記録に書いてあったの。王家の血には、異世界の者の血が混じっているのね」

ジェスが目を丸くする。それから少し誤魔化すように、言った。

「その……ルタさんの世界にも、契約の楔があったのでしょうか」

「ええ。そして今のメステリアで起こっているのとまったく同じことが、あちらでもすでに起きていた。およそ千年前のことだと言われているらしいわ。だからルタの世界は、超越臨界をすでに経験済みだった。そしてそれを、収束させていた」

「ルタさんは、それを知っていた……」

「そうみたいね。ヴァティス様は、超越臨界の話をルタから聞いて、手記にそれを記していたわ。代々王にしか引き継がれない手記だから、私も陛下にお借りするまで、その存在すら知らなかったのだけれど」

ビビスは悲しげにかぶりを振る。

「今のところ、確かな方法はそこに書かれたものしかないの。セレスという子を犠牲にするしか。他の方法はもちろん探しているけれど、きっと見つける前に、セレスという子は——」

ビビスは長い息を吐いた。

「陛下に殺されてしまうわ」

「ルタさんに訊けば、セレスさんが死なずに済む方法が分かるかもしれません」

「そうは言ってもな……」

夕食後、俺たちは王宮の庭を歩いていた。魔法によってきっちり刈り揃えられた植木が規則的に並んでいる、どこか息苦しい空間だ。空は曇ったまま暗くなり、冷たい雨がまだパラパラと降ってくる。ジェスの浮かべる魔法の光が周囲を気まぐれに照らす。

王宮宛の手紙を持った鳥は、この庭にある鳥小屋へ戻ってくるよう訓練されている。

「ルタはとっくにいない人だろ。話なんて、どうやって聞くんだ」

「……豚さんは、セレスさんを諦めるというんですか」

ジェスの声は困惑していた。俺は首を振る。

「まさか、そうじゃない。万が一にでも可能性があるなら、もちろんそれに賭けるさ。だが問題は、万が一に賭けるにしても、まず何より時間が必要だってことだ」

「時間……」

「シュラヴィスは焦ってる。この世界を早く正常に戻したい。だから面会拒絶中のくせに、手紙をよこしてきた。解放軍だって、あんなことの後でセレスを渡せだなんて突然言われたら、反発は必至だ。状況は緊迫してるし、放っておけばどんどん悪くなっていく」

「そうですね……私たちはまず、どうすればいいんでしょう」

「シュラヴィスを止めることだ。それができなかったら、まずセレスの安全を確保する」

「そのうえで、セレスさんが助かる方法を探すということですね」

「それしかないだろう」

暗い鳥小屋に到着し、ジェスが明かりを灯す。

薄明かりの中に、シロフクロウの姿が浮かび上がった。目を真ん丸にしてこちらを見ている。脚には紙が結わえ付けられていた。

「豚さん……！」

「返事が来てるな」

俺たちは少し期待していた。手紙には、夢のことと、近況を教えてほしいということを書いた。解放軍側にいるケントからの返信に、向こうの事情が書かれていれば――そうすれば、この緊迫した状況を打破する手掛かりが得られるのではないか。

しかし書かれていたのは、たった一行の、ふざけた文字列だった。

まありんず　びああど

「ええ、これは……まありんず……びあど？　いったいどういう……意味が分かりません」

「世界観が違うからな。メステリアには、マーリンなんて魔法使いはいない」

「…………？」

俺の意味不明な発言に、ジェスの眉はすっかり八の字になっていた。

真面目に話すべきだろう。

「この文字列から分かるのは、朗報だ。俺が見た夢は本物だった。ケントも同じ夢を共有していた。おそらく本当に、ブレースは俺たちの世界へ行ったんだ」

「えっと……それは……」

疑問は消えないようだったが、ジェスは迷った末に頷(うなず)く。

「豚さんが言うなら、そうなんですね」

「そうだ。しかし問題は、この手紙からじゃ、それしか分からないってことだな。ケントはどうして、もっと丁寧な文章じゃなくて、こんな合言葉だけ送ってきたんだ？」

ジェスは意味が分からないなりに、手紙を観察して考える。

「……ケントさんは、あのお姿ですから、文字を書くことはできません。解放軍のどなたかが代筆されたんでしょう。もしかすると、その方の許可が下りなかったとか」

確かに、解放軍からしてみれば、敵の身内への手紙だ。必要以上の情報を渡すのは避けたいに違いない。

「なるほど……ちょっと、においを嗅がせてくれないか」

ジェスはすぐに、手紙を俺の鼻の前に差し出してくる。

すんすん。

「ヌリスのにおいがするな……それにイツネも……しかし一番強いにおいは……これは野郎だな、嗅ぎ覚えはあるが、しかし誰だったかな……ちょっと柑橘(かんきつ)系を思わせる……」

「女の人のにおいは、すぐに分かるんですね」

どこか冷ややかな声だった。

「だってほら、あれだろ、野郎なんてあんまり嗅ぐことがないから」

「女の人ばかり嗅ぐ豚さんなんですね」

「まさか。俺がジェス以外の女性を嗅ぐことはあり得ない。ヴァティスに誓ってもいいぞ」

「そんなこと言って、この間だって――」

「あ！　思い出した、ヨシュだ！　そうだ、このにおいは間違いない！」

話を逸らしつつ、分析する。

「紙の中央に強くついているにおいが、ヨシュのものだ。文字を書いたのはヨシュだろう。イツネのことだ、手紙を一応確認はしたものの、面倒な作業は弟にやらせたに違いない。……しかし、変だな。ヌリス宛に書いたのに、ヌリスが返事を書かなかったのはどうしてだ」

ジェスが少しためらってから、口を開く。

「ヌリスさんは……もしかすると、文字が上手く書けないのかもしれません」

その口調から、俺はイェスマの事情を思い出した。

ジェスが勉強熱心だからすっかり忘れかけていたが、イェスマというのは小間使い――言ってしまえば、体のいい奴隷だ。なぜか割と識字率の高い国ではあるのだが、しかしこの中世風の世界観で、そんな彼女たちが全員読み書きできるとは考えづらい。

ジェスは領主に仕えていたからこそ、読み書きもできるし、歴史などの素養もあるのだ。

なんとなく手紙を嗅ぎ続けていて、気付く。

「それにしても、どこか焦げ臭いな」

「手紙が……ですか？」

「ああ。煤というか、煙で燻されたようなにおいがする」

はて、と首を傾げて、ジェスは魔法の明かりをシロフクロウに近づける。

俺たちはそこでようやく気付いた。真っ白だった羽毛に、煤がついている。もとが白色だとは信じられないくらいには、灰色になっているのだ。

「………！　フクロウさん、大丈夫ですか？」

ジェスが羽を触ると、シロフクロウは目を丸くしたままゆっくりと嘴を鳴らした。リラックスした様子で、怪我はないようだ。

しかしなぜ煤が？

確かに俺は、焼き鳥パーティーをしようと思っていた。でもだからといって、自分から焼かれに行くことはないじゃないか——跳んで火に入る夏の豚じゃあるまいし。

ふっとそよ風が吹いてきて、さらに気付いた。

「……なあ、ジェス」

「どうされました？」

「なんだか、空気まで焦げ臭くないか？」

「えっと……そうでしょうか？」

シロフクロウを帰して、鳥小屋の外に出る。もうすぐ三月だというのに、風はしっかりと冷たい。その風の中に、確かに焦げ臭いにおいが混じっている。木の焼けるにおい。そしてどこか……針葉樹の生葉(なまは)を焼いたときのような、刺激臭。

針葉樹が――それもおそらく大量の針葉樹が、どこかで燃えている。

「豚さん、空が！」

見上げれば、ジェスのふとも――暗い雲に、薄赤い光が反射している。夜の山中から、都会の上空にある雲を見ているときのように。

「空がおかしな色のことはあっても、雲があんなふうに照らされることはなかったよな」

「東の方の空です！　行ってみましょう！」

すぐに走って庭園を出た。石畳の道を駆け、入り組んだ階段を下り、薄暗い夜の街並みを通り過ぎる。目指すは王都の東側の斜面。メステリアの東を展望できる広場だ。

王都民が、すでに広場に殺到していた。王都の外を見ながら、がやがやと騒いでいる。

人ごみをかき分けて、広場の端まで走る。

なんということだ。

ジェスは大理石の柵から身を乗り出したまま、俺はその柵の隙間から顔を出したまま、眼下に広がる光景に絶句した。

針の森が燃えている。

暗い空の下で、炎は帯のように広がり、王都を囲んでいた。東から吹く風が、その帯を王都に向かってゆっくりと、しかし着実に押し進めている。白煙と黒煙が混じり合い、赤く照らされながら夜空に立ち昇っていく。

「そんな……どうして……」

ジェスの目は驚きに見開かれていた。

いつか針の森を焼き払ってやると、ノットが豪語していたことを思い出す。こんなことをしたのは誰か考えたとき、解放軍以外に考えにくかった。

その理由は。タイミングを考えると、やはりセレスの――

「事態はどんどん、悪くなってるみたいだな」

俺がそう言っても、ジェスは何も聞こえなかったかのように、全く反応しなかった。

それほどまで衝撃的な景色だっただろうか。ジェスを見ていると、口を半開きにしたまま、真っ青な顔で俺を振り返ってくる。

「豚さん！」

ジェスは突然走り出した。

「どうした？」

俺も後を追う。

「声が――声が聞こえたんです。繰り返し、私を呼ぶ声が」

口々に騒ぐ王都民の間を縫って走りながら、ジェスが俺にも、その声を聞かせてくれた。

それはいつかブレースが囚われていたときのような、ジェスにだけ聞こえる心の声。

――ジェスさん、お願いです、来てください。東側の、崖の前にいます

「これは！　セレスの声か？」

「はい。間違いありません。すぐ近く――王都のすぐ外にいるんです」

しかし、なぜ。

こんなときに、こんな状況で王都へ来るのは、まるっきり自殺行為だ。

セレスが死ねば世界が元に戻ると、判明したばかりなんだぞ……？

アリの巣のような地下通路をがむしゃらに駆け下りて、俺とジェスは崖の外を目指した。狭いトンネルが続いていると思えば、そこらじゅう血だらけの広い空間に出たり、ほとんど人の手が入っていない洞窟のような道を通ったり。

とにかく急いで、俺とジェスは王都の外に出た。荷物はほとんど何も持っていなかった。

王都の崖の外は、暗い森だ。まだ火の手が及んでいないとはいえ、奥の方、そう遠くないと

ころで赤い炎がめらめらと燃え上がっているのが見えた。

「セレスはどこだ。声の方向、分かるんだよな」

「ええ。こっちです」

ジェスは荒くなった呼吸を整えながら、前を指差した。暗闇だった。

迷っている場合ではない。もしうっかりセレスが王朝軍に見つかりでもしたら――

どうなるかは考えたくもなかった。

「もうすぐです、豚さんも来てください！」

「もちろんだ」

そして走り続けた先に――俺たちは、ようやく見つけた。

疲れ果てた様子で、木の根元に座り込む少女。変装していたのか、普段と違い質素な服はボロボロだった。髪は乱れ、顔は泥だらけ、煤だらけ。

俺たちを見つけて立ち上がるその手足は、頼りなく震えていた。

そして、独りぼっちだった。

ここまで、たった一人で来たのか？　針の森を越えて？

つらかったのだろう。ジェスに抱きとめられて、セレスはぽろぽろと涙をこぼした。

弱々しい声が、呼びかけてくる。

「お願いです、ジェスさん……くそどーてーさん」

「どうしたんですか、こんなところに、お一人で」

セレスはジェスの肩に頭を預けたまま、嗚咽を嚙み殺して、何度も首を振った。こんな様子は初めて見た。弱々しくて小鹿のようだった少女の中に、何か彼女にここまでのことを決意させる強い意志が宿っているのを感じた。

セレスは喉の奥から、声を絞り出して俺たちに訴える。

「どうか……どうかお願いです………」

ジェスの背中を握る小さな手に、ぎゅっと力が入る。

「……私を、殺してください」

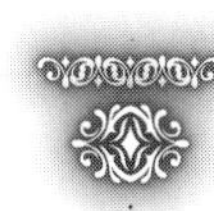

あのとき初めて見た瞳は、今でも忘れられません。

澄んだお水のようで、心が吸い込まれてしまいそうな、とっても青い瞳でした。

「お前、セレスだろ」

バップサスに来たばかりの春。私はそのとき、まだ八歳でした。男の方のぶっきらぼうな声が怖くて、私は芝の上に蹲(うずくま)ったままでいました。すぐにでも逃げ出したいのに、身体(からだ)が強張(こわば)ってしまって、逃げ出せません。

「俺はノット。このへんで狩人(かりゅうど)をやってる」

その名前には、聞き覚えがありました。優秀な狩人(かりゅうど)で村の英雄だと、マーサ様が話していた人です。本当にいい子なんだ、と聞いていたのを思い出し、私は好奇心から顔を上げました。

ノットさんの瞳は、まるで魔法のように、迷っていた私の視線を引きつけました。

とても不思議な雰囲気の方です。マーサ様のお話から想像していたよりも、ずっと若い方でした。でもその表情はどこか大人びていて、乾いていて、冷めていました。

そして目だけが優しく潤っていて、なぜか今にも泣き出しそうにさえ見えます。

「来たばっかなんだってな。何か困ってんのか」

私がしばらく黙っていると、ノットさんがそう訊いてきました。すぐに首を振って否定します。もう誰にも、何も言いたくありませんでした。

私がつらい思いをするのは、私が悪いからなんです。

だから誰にも、何もしてほしくありませんでした。

ノットさんの視線が、私の周囲に向きました。それから、膝を抱えている私の、傷だらけの腕に向きました。心の声が聞こえて、気付かれてしまったと知りました。

「枝を投げられたんじゃねえか。どうしてそんなことされた」

話したくありません。私は逃げられない代わりに、精一杯顔を逸らしました。

ノットさんの声は、最初からずっと、興味のなさそうな響きでした。無視していれば、きっとそのままどこかへ行ってしまうでしょう。そう思っていました。

でもノットさんは、私の目の前にしゃがみ込んできたんです。

「言え。言ったら力になってやる」

あの青い瞳が、また私を捕まえました。乾いた表情の中で、泉のように潤っているその目。

こんな目を、私は見たことがありませんでした。

震える喉から、声を絞り出します。

「……私が、枝だから……です」

すぐに強い調子で言われて、私の肩が反射的に縮まりました。声変わりの時期を迎えた男の方の声は、どこか乱暴に聞こえて、やはり怖いのです。

「……お前のことを、枝だなんて言う奴らがいんのか」

ノットさんは、優しく言い直してくださいました。

その通りでした。私は村の子供たちから、「木の枝」と呼ばれていました。

私はイエスマなのに、仕事ができませんでした。村に来てからまだ短いのに、色んな人にご迷惑をおかけしました。食べることが好きではなくて、痩せていて、力がないのです。重い荷物は持てません。料理の乗ったお皿を落として割ります。何もないところで転びます。

鏡を見るのがとても嫌いでした。細い手足は骨と皮しかないかのようです。首も細くて、重い首輪を掴まれたら、すぐにでも折れてしまいそうです。よく脚を怪我するので、まっすぐ立っていることも苦手です。服を脱ぐと、身体のいたるところに骨が浮き出ています。「骸骨」と呼ばれることだってありましたが、私もそう思います。私は木の枝で、骸骨です。

ノットさんの問いに、私は正直に頷きました。ノットさんは呆れたような顔になりました。

心の声が聞こえてきます。

――反撃してこねえ相手に枝を投げてえんなら、木に向かって投げりゃいいのによ

ノットさんはそう思っているのでした。でも、違うんです。木は仕事をしなくていいんです

から。木は迷惑をかけないんですから。

「いいんです、私が悪いんです。ドジで、枝みたいで、骨みたいで……」

「うっせえ、お前は骨になったことがあんのか？」

さっきよりもずっと強い口調にびっくりして、余計に怖くなりました。でも、後から考えてみれば、骨みたいだなんて、ノットさんには絶対に言ってはいけないことなのでした。

「……自分をそんなふうにけなすんじゃねえ」

ノットさんの声が、また穏やかになりました。

ダメな私に精一杯優しくしようとしてくださっているのが分かって、余計につらくなりました。私はいつだって、周りの人を怒らせます。原因は私にあります。怒られて当然なんです。優しい方に無理をさせてしまうのは、怒られるのよりも嫌でした。

今度こそ、走って逃げ出そうと思いました。

でも、突然ぐいっと顎を掴まれて、私の身体は動かなくなってしまいました。

ノットさんは私の顔を自分の方へ向けます。

「お前の目は、俺が好きだった人の目によく似てる。澄みきった、汚れのねえ目だ。それを涙で汚すんじゃねえ。誰が何と言おうと、気にすんな」

信じられませんでした。まさかそんなことを言っていただけるなんて。

私は自分の目も嫌いでした。不必要に大きくて、少し風が吹いただけで潤んでしまって、弱虫な私を、もっと弱虫に見せるような目。それを褒めていただけるなんて。

言葉に詰まってしまいました。

「……まあでもお前、もうちょっと食った方がいいな。痩せすぎだ」

ノットさんは私の腕を摑んで、立ち上がらせました。

「それじゃおっぱいも大きくなんねえぞ」

急におかしなことを言われて戸惑いながらも、腕を引っ張られるままついていきます。

「どこへ……?」

私が訊くと、ノットさんは旅籠の裏にある小屋を指差しました。丸太を組んで建てられた質素な建物です。物置のようでしたが、煙突がついていて、でもそこから煙が上がっているのは見たことがなくて、何に使われているのか不思議に思っていた小屋です。

「ちょうどウサギの肉があるんだ。食わせてやる。ついてこい」

小屋の中は、狭くても、居心地のいい場所でした。手入れされた狩猟用の道具がたくさん壁にかけられていました。梁からは獣の毛皮が吊るされていました。でも風通しがよくて、獣臭さはありません。代わりに爽やかなモミの木の香りがしました。

ノットさんは暖炉に火を熾し、食べごろだというウサギのお肉を焼き始めました。

「まだ森ん中に雪が残ってるこの季節は、足跡が残るからウサギが簡単に見つかんだ」

そんな他愛のない話をされて、私は戸惑いました。

てっきり、お肉というのは口実で、私に枝を投げた人たちのところへ行くのかと思っていましたから。それが嫌で、私は最初、黙っていたんです。

でもノットさんは本当に、私にウサギのお肉を食べさせたいだけのようでした。枝の話は、あれきりしてこなくなりました。

薪が湿気ていたのか、お肉が焼けるのには時間がかかりました。私たちは、早春のまだ肌寒い風の吹き込む小屋の中で、炎をじっと見つめていました。

「俺はこれからも、この辺を拠点にして狩りをするつもりだ。困ったときはいつでも呼べ。力になってやる」

思い付いたように、ノットさんはそんなことを言ってくださいました。

若くして村の英雄と呼ばれるようになった方が、です。

「……ありがとうです」

いつでも呼べだなんて、とても恐れ多くて、私はそれしか言葉を伝えられませんでした。

「もっと腕を上げて、いつかもっとでっけえ獲物も仕留めるようになってみせる。そしたらまた食わせてやるから、楽しみにしてろよ」

きっと私のことなど、何とも思っていない方なのだとは知っていました。

でもその優しさに、私は自分でも信じられないほど、温かい気持ちになっていました。

また食べさせてくださるだなんて。私に、そんなふうにしていただく価値なんてないのに。

パチパチと脂が爆(は)ぜて、お肉の焼けるとてもいいにおいがしてきました。

ノットさんは手を脂だらけにしながら、小刀でお肉を小さく切って、私に差し出してくださいました。お皿はないので、手で食べるしかないようです。

「食え。火傷(やけど)しねえようにな」

「……あ、あの……ありがとう、です」

焼き立てのお肉はとても熱くて、全くそんなそぶりを見せなかったノットさんはすごいな、と思いました。お肉を受け取るときに少しだけ触ってしまったノットさんの指が、とても硬かったのを憶(おぼ)えています。

ノットさんの前で、私はいただいたお肉をできるだけきれいに食べるのに精一杯でした。とっても熱かったけれど、頑張って食べました。実のところ、味はあんまり憶(おぼ)えていません。熱すぎたのかもしれません。ただただとっても嬉(うれ)しくて、味の感想を思い浮かべるほどの余裕がなかったのかもしれません。

「おいしいです」

何かもっと言いたかったのに、そんなことしか、言えませんでした。

「そうか」

ノットさんはご自身もお肉を食べながら、たまに横目で私の様子を見てくるだけでした。

それからというもの、ノットさんは本当に約束を守ってくださいました。

ウズラ、イノシシ、シカ、クマ……ヘックリポン以外、ノットさんの狩るものはたいていいただきました。それでも一番多かったのは、ウサギでした。

直接聞いたわけではありませんが、きっとノットさんの好物なんでしょう。

ノットさんと私が一緒にいるのを見て、村の方たちは私をいじめなくなりました。それどころか、温かく見守ってくれる方が多くなりました。

若くして、みなさんから尊敬される英雄。私がいじめられなくなったのは、ひとえにノットさんのおかげでした。それだけでもう、十分すぎるくらいのご恩でした。

ノットさんは、私がいじめられなくなってからも、何かいい獲物を狩るたびに、私にお肉をくださいました。

賑(にぎ)やかなのはお嫌いだそうで、あの小屋の中では、いつも二人きりで食べました。

時間帯も関係なく、ノットさんはいつも必ず、私がお腹(なか)いっぱいになるまでお肉をくださいました。もう十分ですと言っても、おっぱい大きくならねえぞ、とお替わりを渡してきます。

私の胸は一向に、大きくなる様子がありませんでしたが。

一度、訊(き)いたことがあります。

「ノットさんは、おっぱいの大きな方がお好きなんですか？」

そしたらノットさんは珍しく動揺して、お肉を取り落としてしまいました。

ノットさんが胸に言及することは、それっきり、ありませんでした。

私が怪我をしたら、ノットさんは手当てをしてくださいました。

私は不器用ながらも、その逆をしました。ノットさんが大きなお怪我をされたときは、マーサ様にお願いして、黒いリスタを使わせていただいたこともあります。

ノットさんが村に帰っていないか、私は毎日、毎晩、確認していました。ノットさんが遠くに出かけている間、私は手当てやお料理の訓練をしました。

お誕生日のとき、私が思い切って、ウサギのお肉でパイを作って差し上げたら、ノットさんはとても喜んでくださいました。こんなにうめえものかと、目を丸くして驚いていらっしゃったのを今でも憶えています。

ノットさんは、私の憬れの人でした。

どうしてあんなに優しくしてくださるのか、いくら考えても、全然分かりませんでした。

でも、本当に嬉しくて……。

ノットさんと過ごす時間が、私の生き甲斐でした。

子供の私に、身分違いの私に、恋をする資格などないのは分かっていました。

ノットさんはきっと、胸の大きな、大人の女性がお好きなんでしょう。ノットさんが私に向けてくださっているものが、決して恋愛感情ではないのも知っていました。

それでも私の日常は、ノットさんのおかげで幸せだったんです。

そんな日々は、一匹の豚さんを連れたきれいな女の人が村を訪れるまで続きました。

第二章

妹の妹は妹

the story of
a man turned into
a pig.

針の森を越えて、こんなところまで――たった一人でやってきたなんて。

セレスは傷ついて、動揺して、混乱していた。疲れているのだろう、ふらふらしていて呂律（ろれつ）も怪しい。見るからに、尋常ではない様子だった。

そもそも、殺してほしいだなんて、決して簡単に言えることではない。

俺たちはまず、一旦落ち着こうとセレスを宥（なだ）めた。

セレスの近くには、ポニーのような形をした灌木（かんぼく）の塊（かたまり）が横倒しになっていた。ボロボロになっていて、特に脚の部分は葉がすっかり落ちてしまっている。

こんなものを創れるのは、魔法使いくらいだろう。セレスは魔法でこのポニーを操り、ここまで乗ってきたのだろうか。

それにしても、なぜ、独りきりでこんなところに。

なぜ、殺してほしいだなんて言うのか。

まずはじっくり腰を据えて話したいところだったが、それはかなわなかった。

遠くから、馬の嘶（いなな）きが聞こえてくる。風に乗って、蹄（ひづめ）の音が聞こえてくる。そして武具の音。

大軍と思われるその数から、危険な兆候であると直感した。

「まずいな、あれは炎の内側からじゃないか」

俺が言うと、ジェスは胸に手を当てて、暗い森の中を不安そうに見つめる。

「ええ、そのように聞こえます」

針の森に火を放ったのが解放軍であれ何であれ、彼らが炎よりこちら側にいるのはおかしい。自分たちの背後に火をつけてどうする、という話だ。よって、馬の音は王朝軍のものか――もしくは針の森に潜むもっと悪い輩のものだと推測することができる。

それが俺たちの方へ近づいてきている。

「セレス、ここに来る途中、ヘックリポンと遭遇したりはしてないよな」

「ヘックリ――あっ」

俺が急いで訊くと、セレスは思い出したように口を押さえた。

「ごめんなさいです、私……ずっと変装して、注意はしてたんですけど……さっき一度だけ、針の森の中で……夜なのでとても暗かったのですが、魔法で移動しているの、見られてしまったかもしれないです」

どうやら遭遇してしまっているらしい。

ヘックリポンは王朝が監視用に使っている獣だ。シュラヴィスにはすでに、セレスがこの森の中にいることが伝わっている。そう考えた方がいいだろう。

つまり、今この瞬間にも、森の中でセレスの捜索が始まっている可能性がある。

「まずはとにかく、逃げて隠れよう。王都は危険だ。森の中を行くことになるが、いいか？」

「そうしましょう！」

ジェスはかろうじて立っているセレスと向かい合う。

「セレスさん、走れますか？」

「えと、あの……ごめんなさいです……長旅で、私……」

生まれたての小鹿のような様子で、セレスは脚をがくがくと震わせていた。走るのは難しそうだ。しかし、馬が追ってきている。ゆっくり歩いて逃げるわけにもいかないだろう。

「魔法は？　ここまで来た方法をまた使うのはどうだ」

俺の質問に、ごめんなさいです、とセレスは蚊の鳴くような声で謝った。

「私もう、集中力が切れてしまって……ダメダメで、役立たずで、申し訳ないです」

「そんなこと言わないでください。ここまでお一人で来ただけでも、十分立派ですよ」

少し悩んでから、セレスさん、ジェスは俺を見た。

「急ぎます。セレスさん、豚さんに乗ってください」

「え……？」

セレスは大きな目をもっと丸くした。俺も驚いた。

「いいのか……？」

いろんな意味を込めての確認だった。ジェスは力強く頷く。

「緊急事態です。仕方ありません」

「そうか、分かった。緊急事態だもんな」

言いながら、俺は意気揚々とセレスに近づいて——そして、奇妙なことに気付く。

いったいなんだ？　これはどこかで……。

「豚さん。どうしてこんなときに、セレスさんのお尻を嗅いでいるんですか」

「いや、なんだかいいにおいがするから……」

正直に言ったところ、ジェスがぶんすこと膨らみ始めてしまった。じっと俺を睨んでくる目は、まるで変態を見るかのようだ。語弊があったな。

「セレスのにおいってわけじゃなくてだな、ほら、スカートからハーブの香りが……」

どこかで嗅いだことがあると思ったが、これは肉料理によく使うタイムの類のようだ。いつだかセレスがミートパイを焼くときに刻んでいたのを思い出す。

お尻から局所的にタイムの香りがするということは、お尻をタイムにつけていたということだ。よく見れば、ポニーは葉の細かい灌木からできていた。これがタイムを変形させたものなのだろう。小さな葉の付いた細い枝が複雑に絡み合って、四足の動物を形作っている。

「……魔法はあまり、得意ではないんですが……お料理に使う香草なら、こうして少しだけ、操ることができるんです」

腰をひねって俺からお尻を離しながら、セレスは説明してくれた。

料理に使うハーブなら操れるというのは、なんだかずいぶんと限定的な能力だ。

まあいい。今はセレスのお尻のにおいではなくて、逃げることに集中しなければ。セレスのお尻は、後からいくらでも嗅げるのだから。

「嗅げません」

「すみません……」

普段はこういう会話をすると、セレスはそばで、困ったように小さく笑ってくれる。でも今回ばかりは、そういう気分ではないようだった。立っているのさえやっとに見えた。

ジェスに睨(にら)まれながら、お座りの姿勢になってセレスを背中に跨(また)がらせる。嫌がられるかと思ったが、セレスは素直に、俺たちに従った。

殺してほしいというのは、きっと本心ではないのだろう。確固たる決意があってここに来たというよりは、どうすればいいのか分からなくなって、ここまで逃げてきたように見えた。

想像していたよりも、セレスはずっと軽かった。軽くて、不安定で、震えている。

ジェスと顔を見合わせて、移動開始。すぐに身を隠せそうな道を選びながら、できるだけ馬の音から遠ざかるように進む。

そして、予期していたことが――恐れていたことが、起こる。

「んっ…………」

背中から、セレスの声が聞こえてきた。どうしてか、普段よりも少し高い声。

…………………。

「ど、どうしたセレス、大丈夫か」

前を走るジェスの後頭部を注視しながら、慎重に訊いた。

「ごめんなさいです……あの、多分、大丈夫です」

弱々しい声ではあったが、その返答に安心した。問題ないようだ。

「ただ……なんだか変な感じがして……」

問題大ありだった。

ジェスがちらりと振り返ってくる。ぷんすこを通り越して、もはや無表情だった。

俺は悪くない。あらかじめちゃんと確認したのだから。

「セレス、もう少し後ろに座って、脚でしっかり俺を挟め。手に体重をかけて大丈夫だ」

色々あって、豚の安全な乗り方にはとても詳しいのだ。

カムジャタンになる危機を回避した俺は、ジェスとともに暗い森の中を走り抜ける。

針の森の中を逃げるのは、ジェスと王都に向かっていたとき以来だ。あのときは王都に入りたくて仕方がなかったが、今回は、王都に入るわけにはいかない。

超越臨界によって深世界の影響が強くなり、暗闇からは奇妙な物音や不気味な呻き声が聞こえてくる。俺たちは祈りながら進んだ——音の主と遭遇しないように、そしてそれ以上に、王朝の監視役であるヘックリポンに見つからないように。

風が吹くと、周囲から炎の燃え上がる轟々という音が響いてくる。森林火災は勢いを増している。馬の音は依然として追いかけてくるように聞こえる。やみくもに走っているようでは危険だと思った。

「逃げ道を決めよう。戦略的に逃げるんだ」

おそるおそるジェスに話しかけた。ジェスは怒っている場合ではないと思ったようで、真剣に頷いてきた。よかった。背中の件に関しては、情状酌量が認められたらしい。

「それについては、あとできちんとお話ししましょうね」

と律義に断ってから、ジェスは考える。

「どちらへ行けばいいでしょう。王都に戻れないのであれば、森から脱出しますか？」

「脱出しかないだろうな。ただ、火事のことを考える必要がある」

「火の回らない、安全な場所はあるんでしょうか」

考える。王都からは東側しか見ていないが、見える範囲はすべて帯状に燃えていた。風も強く、炎の勢いは増すばかりに見えた。あちらに逃げるのは絶望的だろう。

「何とも言えないな……もし針の森全体が燃えてしまったら、どこかで炎を乗り越えるしかない」

「それは……」

厳しいだろうな。

王都に戻って針の森を見渡し、燃えていない部分を探したいくらいだった。しかしそういうわけにもいかない。俺たちは見通しの悪いこの森の中で、進むべき道を探すしかないのだ。

もし火の回らない場所があるとしたら……。

「さっきから、ずっと東風が吹いてるな」

言うと、ジェスは走りながら風の方向を確認して、頷く。

「そうですね。今は王都の東側にいますから、炎が私たちに迫っている形になります」

「王都はかなり大きい、もしかすると――」

俺の発言をどう解釈したのか、ジェスは驚いた様子で訊いてくる。

「王都に戻るんですか……？」

「そうじゃない。王都は大きな山みたいなものだ。風も遮る。つまり、王都の西側なら、風が弱くて、火の回りが遅く、火事を避けられるかもしれない」

「なるほど！　では西側に！　西側は暗黒時代に滅んでしまった地域が多いですから、人目も避けられて、森を出てからも逃げやすいはずです」

「よし、好都合だな」

「王都をぐるりと迂回することになりますが、いいですか？」

「それしか道はない。西へ行こう」

トントン拍子で決めて、俺たちは進路を西に取った。

セレスはその間、ずっと黙っていた。背中に乗せているから顔が見えず、何を考えているのかは分からない。不安だった。セレスに何があったのか。解放軍で何が起こっているのか。不明なことだらけのまま、俺たちは暗い森の中を走っている。

あるかどうかも分からない逃げ道を、あると信じて進みながら。

「……セレスさん、まずはお話、聞かせていただけませんか？」

セレスを俺の背中に乗せて走る作戦が功を奏したのか、西に進路をとったのがよかったのか、馬の音は徐々に離れていき、遂には聞こえなくなった。火の手も遠くにある。ペースを落とし、歩いて針の森の西端を目指す。

そうやって落ち着いてきたところで、ジェスはセレスに優しく話しかけた。

しかしセレスは、身体を震わせるばかり。その振動が背中に伝わってくる。俺は首を曲げてセレスを見上げた。気まずそうに目を逸らされる。

「何でもいい。実は俺たちも、状況がよく分かっていなくて……俺たちのためにも、何があったか話してくれないか？」

少し言い方を変えると、セレスは口を開いてくれた。

「私に、そんな価値なんてないんです……」

まったく、セレスらしい一言目だった。

自分を貶める言葉を交えながら途切れ途切れに語られた経緯は、要約するとこんな感じだ。

始まりは一昨日の昼。ノットの心の声を盗み聞きしてしまったセレスは、王朝から解放軍へ一つの要求が送りつけられてきたことを知った。

——セレスの身柄を渡せ。

セレスの存在がこの世界の異常の原因になっている、という説明も添えられていたらしい。

しかし当然、ノットたち幹部には、王朝の要求に従う気などなかった。

だから返事もせずに、手紙を焼いた。

「セレスは絶対に渡さねえ。徹底的に抗う。場合によっては武器だって取ってやる」

ノットはイツネやヨシュに、そう息巻いていたという。セレスはそれを盗み聞きした。

「怖かったんです……私、とっても」

セレスは俺の首筋に涙を落としながら、言った。

「もし私が火種になって、王朝と解放軍の戦いが起こってしまったら……そんなの絶対に、耐えられないです。もし私のせいで、ノットさんたちが傷ついてしまったら……誰かが死んでしまったら……考えるだけでも、耐えられなかったんです」

でもセレスには、自分を消す勇気がなかった。

だから逃げ出した。夜中に、こっそり、たった一人で。そして丸二日ほどかけて、ここまでやってきた。争いの火種を——自分を、消してもらうために。

「絶対にいけません！」

ジェスが強い口調でセレスに訴えた。

「セレスさんがいなくなれば世界が元に戻るなんて、絶対に間違っています」

「……私は、いいんです。みなさんにご迷惑をかけずに済むなら、それで」

ジェスは言葉を失ってしまった様子だ。

いけない、いい、のぶつけ合いでは平行線になると思った。別の視点を出してみる。

「なあ、もし俺たちがセレスを王朝に渡して、王朝がセレスに何かしてしまったとするだろ」

俺が仮定の話をすると、セレスの手が肩ロースをぎゅっと握ってくる。

「はい……」

「ノットたちがそれで、じゃあ仕方ないな、なんて言うと思うか？　絶対に違うだろ。あいつらはやっぱり、王朝と戦ってしまう」

「……では、くそど—て—さんが、私を殺してください」

そんなことをしたら俺が焼豚（チャーシュー）スライスにされてしまうのだが……。

「もちつけ。いいか？　俺もジェスも、そんなことはしない。何があってもセレスを守る」

セレスは俺の背中で不安定にふらふら揺れながら、しばらく無言だった。

炎から遠ざかり、森の中は真っ暗だ。ところどころで白いキノコがぼんやりと光っている。

ジェスは気が気でない様子で、俺の——というかセレスのすぐ隣を歩いている。実質ハムサンドだ。状況が状況でなかったら、両手に花と喜ぶべきところだろう。

「豚さん？」

もちろん喜ばないが。

「でも……私が死ねば、世界は元に戻るんです」

セレスの涙声に、俺は首を振る。

「結論を急ぐな。セレスが死ねば世界は戻るかもしれないが、世界が戻るにはセレスが死ななきゃいけないなんて、誰も言ってないだろ。十分条件と必要条件の違いだ」

「ほぇ……？」

セレスの口から聞いたこともないような音が飛び出した。

案外可愛らしかった。

「豚さん」

もちろんジェスの方がもっと可愛らしいが。

「セレスが死ななくても済む道が、ひょっとしたらあるかもしれないってことだ——いや、きっと、必ずある。それを見つけるまで、俺たちは諦めないからな」

「そうですよ。私たちもちょうど、その道を探そうとしていたところなんです」

「本当、ですか？」

「本当だ」

セレスはしばし、言葉に迷っていた。それからゆっくりと口を開く。

「……ありがとう、です」

安心して緊張がほぐれたのか、セレスは遂に声を上げて泣き始めてしまった。泣き疲れた様子で、やがて嗚咽が寝息に変わる。

きっと、寝ずにここまでやってきたのだろう。やはりセレスは、生きたいに違いなかった。

質素な服で変装してまでここへ来たのは、王朝軍に見つかりたくなかったからだ。

セレスは王都へ身を捧げに来たわけではない。

死という選択肢を急に突き付けられ、どうすればいいか分からなくなって、俺たちを頼って王都まで来たのだ。

セレスが寝たことで、ジェスと俺はようやく顔を見合わせた。

堂々とあんな大見得を切ってしまったが、セレスが死なずに済む方法は今のところ不明だ。ルタというとっくにいなくなった人物にヒントがあるかもしれないということだけは聞いているが、それ以外に有用な情報は皆無だった。

「何があっても、俺たちでセレスを守ろうな」

「はい」

ジェスはハリのある眉間にうっすら皺さえ寄せて、真剣な様子で頷いた。

俺にもジェスにも、最初の旅でセレスとノットを引き裂いてしまったことに対する罪悪感があった。もし俺たちがノットを旅に同行させていなければ、ノットは今もあの村で、セレスのそばで、狩りをして暮らしていたかもしれないのだ。

しかも、あの旅の終わりの、針の森での戦闘がきっかけとなって、国を揺るがす北部勢力が興った。それに対抗して解放軍が結成され、今のこの状況に至っている。

メステリアの混乱は、元を辿れば俺たちのせいだ。

セレスがノットと一緒にいられないのだとしたら――それも俺たちのせいだ。

「……私、頑張ります」

地の文を読んでいたのか、ジェスは覚悟の目で俺を見てきた。

「私たちはセレスさんにたくさんお世話になって、たくさんご迷惑をおかけしてきました。今こそ、ご恩を返すときです。セレスさんのために一肌脱ぎます」

「いいぞ、その意気だ」

俺たちはもう、無力ではない。ジェスはメステリア最強の魔法使いであるシュラヴィスに比肩するほどの魔力をもっているし、俺だってこの世界の事情には通じてきている。豚の姿でできることは限られているが、知恵を貸すことならできる。ジェスの知識や魔力と組み合わせれば、できることは無限大だ。

王朝の軍に追われる一人の少女を守ることだって、きっとできるはずなのだ。

「ジェス、一つ大切なアドバイスがある」

「何でしょうか」

真剣な表情のジェスに、真剣な口調で言う。

「……お姉さんに、なるんだ」

「はい？」

「だから、お姉さんになるんだ。ジェスが、セレスのお姉さんにな」

「なぜでしょう……」

「一肌脱ぐんだろ？　そしたらまず、意識改革が必要だ。これまでのジェスじゃダメなんだ」

「……そういうものでしょうか」

「そういうものなんだ」

俺のゴリ押しに、ジェスはあまり納得がいっていない様子だった。補足する。

「例えばな、師匠と弟子っていう関係性があるだろ。あれにどういう意味があると思う？」

「えっと、あまり考えたことはありませんでしたが……何かを教える側と教わる側、という立場を明確にする意味があるかと思います」

「でもよく考えてみてくれ。別に何かを教えたり教わったりするだけなら、師匠やら弟子やらという肩書きなんて必要ないはずだ。立場なんか明確にしなくたって、一人の人間が教えて、一人の人間が教わる、それでいいじゃないか」

「確かに……？」

「じゃあ師匠と弟子という関係にどんな意味があるかというと、それはな、理由付けなんだ」

豚の弁に、ジェスはまっすぐな視線を向けてくる。

「師匠だから教える。弟子だから教わる。まず関係性が先にあることで、そういった固い結びつきが成長していくわけだ。師匠と弟子という関係になることで、二人の意識が変わる。関係性を自覚することで、より程度の高い交流が実現されていくわけだな」

「それは……確かに、そうかもしれませんね」

納得してくれたか。

「だから、ジェスがセレスのお姉さんになることはとても大事なんだ」

「は…………い」

いきなり納得の程度が下がっているが、大丈夫だろうか。

しかし、お姉さんになってもらわなければ困るのだ。

実は、ジェスがセレスのお姉さんになることには、もう一つ無視できないメリットがある。

ジェスは俺の妹。したがって、ジェスがセレスの姉になれば――

必然的に、セレスも俺の妹となるのだ！

「なりませんね……」

冷静なツッコミだった。

「……でも、少し分かる気がしてきました」

「本当か？」

「ええ。セレスさんはきっと、豚さんと同じで、一方的に恩を受けるのは嫌なはずです」

ジェスの優しい目が、俺の背中ですやすやと寝息を立てるセレスへ向けられる。

「理由があれば、恩返しがしやすくなります。それは確かに、豚さんの言う通りです」

「だろ。分かってくれればいいんだ」

俺が満足して頷（うなず）いていると、ジェスはにこりと微笑（ほほえ）んで言う。

「私、お姉さんになります」

ヘックリポンに見つからないよう注意を払いながら、森を進む。

王都の南側をぐるりと回って、今は西側にいる。王都から離れるように、なお西へ向かう。

「まずは、何としてでも逃げ切るところからですね。森を出たら、解放軍の方々にセレスさんを送り届けるのが、一番安全でしょうか」

ジェスの提案に、俺は少し考える。

「それなんだけどな……」

「どうされたんですか？」

「いったん、状況を整理してみたいんだ」

「状況、ですか」

「ああ。今日のシュラヴィスの手紙を思い出してくれ」

「思い出しました」

ジェスの脳内にはきっと、一言一句違わぬ文面が浮かんでいるのだろう。

「……というか、ここにあります」

ジェスはスカートに挟み込んでいた紙を取り出した。丁寧に折り畳まれた、シュラヴィスの置手紙。それを持つ手には、一緒に置かれていた連絡用のブレスレットも着けられたままだ。

「助かる。でな、あの手紙の、最後の二文なんだが……」

「解放軍には、セレスの身柄を直ちに差し出すよう通達を送ってある。もし彼女の行方が判明した場合には、このブレスレットで連絡をくれ——ですね」

持っている手紙を開くまでもなく、ジェスは言った。本当に一言一句憶えてるんだな……。

「あの書き方が、ちょっと引っかかったんだ。シュラヴィスは、あの手紙を書いたとき、セレスが解放軍のところにいないことをすでに知ってたんじゃないか？」

「ええ、行方が判明したら、と書いていましたから、そのように考えるのが自然ですね」

セレスはいつも、ノットのそばにいる。

シュラヴィスもそれを知っているのだから、行方などという言葉は、普通出てこない。

すなわち、あいつはセレスがいなくなってしまったことを知っている。

「だがおかしい。シュラヴィスはそれをどうやって知ったんだ？　セレスは、解放軍が返事をせずに手紙を焼いたと言ってただろ。返事がなければ、シュラヴィスは、解放軍がセレスを匿(かくま)ってると思うのが自然なはずだ」

「確かに……でもセレスさんが出発したのは、一昨日の夜中です。昨日と今日のうちに、解放軍の方がシュラヴィスさんに何かお返事をしたのかもしれません」

「それもちょっと、考えにくいんだ」

「そうなんですか……？」

「ケントからもらった手紙があるだろ。あれに暗号みたいな言葉しか書かれてなかった理由を考えてみたい。書いたのは誰だった？」

「ヨシュさんです」

「じゃあヨシュは、どうして俺たちにもっと色々なことを教えてくれなかった？」

「……時間がなかったんでしょうか」

「そうだといいんだけどな。でも、そこに俺が見た夢のことを足すと、やっぱり妙なんだ」

「そういえば……ケントさんは豚さんに、セレスさんの話をしなかったようですね」

「ああ。招待移住(ジノーキス)だか他の話はしてたのに、だ。夢を見たのは昨晩。それなのに、一昨日の晩にいなくなったセレスのことを、ケントは話さなかった。とても大事なことのはずなのに。そんなことあるか？」

「知っていたら、教えてくださるはずですよね。とすると……」

ジェスは気付いた様子で俺を見る。

「ケントさんはそもそも、セレスさんの一件を知らされていなかった？」

「俺もそう思う。解放軍は、身内のはずのケントにさえ、セレスのことを教えていなかった。隠してたんだ。ヨシュが手紙に必要最低限のことしか書かなかった理由も、そうすると分かってくるよな」

「私たちに、セレスさんの失踪を察してほしくなかったから……」

かなり傷つくが、そういうことなのだろう。

解放軍はセレスの失踪を極秘にしていた。セレスが無防備な状態でどこかにいると王朝に知られてしまえば、セレスの身に危険が及ぶ。常識的な判断だ。

「とすると謎が生じるだろ。どうしてシュラヴィスは、そんな極秘事項を、今日の昼にはすでに知っていたのか。セレスは移動中変装していたから、ヘックリポンにバレることは考えにくいだろう。そして魔法の行使を見られたのは、今晩――シュラヴィスが手紙を書いた後だ。それまで、セレスの失踪を王朝が察知する方法なんてなかったはずなのに」

「………」

ジェスは言葉に迷っていた。俺が言う。

「誰かがセレスに気付いた可能性は排除できないが、普通なら解放軍に匿われているはずのセレスは、そもそも外をうろついていることなんて想定されていない。有名人でもないのに、変装して逃げるセレスが誰かにたまたま見つかってしまうことなんてあるだろうか」

「私だったら……他の可能性があるなら、そちらを検討してみます」

頷く。

「考えられるとすれば、解放軍に内通者がいるか、魔法か何かで盗聴しているか、だろうな。敵対している集団に対してそういうことをするのは、まあ定石というか、当然のことだ」

「そんな……シュラヴィスさんが……」

「シュラヴィスが俺たちとの接触を控えているのも、希望的観測をすれば、そういうことかもしれない。解放軍に近い俺たちと今この状況で情報をやりとりするのは、機密保持の観点からして危険だからな。セレスの件は、俺たちに情報を与えた方が、メリットがあると思ったんだろう。だから手紙という、必要以上の情報を与えにくい媒体で連絡をしてきたんだ」

対面すれば、自分の見た目、表情、仕草などから情報を得られてしまう可能性がある。うっかり不要なことをしゃべってしまう危険もある。手紙ならばそれがない。

まあ今俺たちは、その手紙を読解して、必要以上の情報を得ようとしているのだが。

これは情報戦だ。

セレスを巡る駆け引きが、影の争いが、すでに始まっている。

「で、話を戻すが、シュラヴィスが解放軍の機密を手に入れられる可能性があると仮定して、これから俺たちが解放軍のところに向かってセレスを受け渡したとするよな。そうするとまずいのは、分かるか」

「ええ。シュラヴィスさんがセレスさんの帰還を知ってしまいます。もしそうなったら……セレスを巡る争いが――セレスが懸念していた通りのことが――起こってしまう」

「王朝軍が、ノットたちを襲撃しかねない。解放軍と王朝の全面戦争になるかもしれない」

ジェスは小さく首を振った。

そんなことは、絶対に避けなければならない。

「では、私たちはどうすれば……」

「セレスが逃げてくれたのは不幸中の幸いだ。まだ王朝には、解放軍を攻撃する理由がない。俺たちは、セレスの安全を考えれば王都に戻るわけにはいかないし、全面戦争を避けるためには解放軍を頼るわけにもいかない。だから、逃げ続けるしかないんだ。逃げ続けて、時間を稼ぎながら、セレスが助かるための道を探すんだ」

「……分かりました。そうしましょう」

――不幸にも、まるで俺たちを待ち構えるように隠れていた王朝軍の兵士と鉢合わせしてしまったのは、そんな会話をしたすぐ後だった。

軍の規律なのか、彼が闇夜に溶け込まない赤い鎧を着ていたのが幸いした。

向こうが気付いた様子を見せたときには、一瞬先に動いたジェスの手から、長い布が投げ縄のように飛び出していた。あっという間に、兵士をグルグル巻きにしていく。

彼が大声を出そうと口を開いたところに、丸まった布の末端が拳骨のように押し込まれる。ジェスらしからぬ、容赦のないさるぐつわだった。兵士は全身ミイラのような状態になって地面に倒れ込む。

同時に銃声が響いた。

その音から、銃弾は明後日の方向へ逸れていったことが分かった。グルグル巻きにされて自由を失い、さるぐつわまで噛まされた兵士が、持っていた銃を最後っ屁に発砲して、周囲に異常を知らせたのだった。

〈まずいな〉

心の声で伝えながら、警戒する。鉢合わせしたのは一人だったが、伏兵はまさか一人だけではないだろう。黒光りするGと同じで、一人見たら一〇〇人いると考えた方がいい。

立ち止まって耳を澄ます。ジェスがゆっくり手を動かすと、森の中に静かな空気の流れが生じ始めた。〝風の便り〟――魔法によって気流を操作し、相手側の声を一方的に盗み聞きする高度な技術だ。そよ風は俺たちに正面から吹き付け、前方の囁き声をはっきりと届けてくる。

(何だ、誰が撃った。武器は使わず捕らえろという命令ではなかったか)

（誤射だろう。銃弾は上へ飛んでいた）

（本当か？　目標がこちらへ向かっていると通達があったのに、なぜ誤射と言い切れる）

（……確かに、何かの合図という可能性もある）

（動くか）

（いいや、出るのはまずい。もし間違っていた場合に、こちらの存在が露見してしまうではないか。待ち伏せができなくなってしまう）

（分かった、それでは犬を使おう）

（……いい案だ）

ジェスが恐怖の面持ちで俺を見てきた。ちょうどそのとき俺の鼻が、風の中に獣のにおいを嗅ぎ取った。犬だ。兵士は犬に俺たちを探させるつもりなのだ。

俺が向こうのにおいを嗅ぎ取っているように――犬も嗅覚が鋭い。

悩んでいる間もなく、何頭もの犬たちの、走ってくる音が聞こえてきた。

〈見つかってしまう、静かに逃げよう〉

引き返すようにして、真っ暗な森の中を静かに移動する。しかし犬たちの近づいてくる音の方が速いように思える。ガフガフという呼吸音は徐々にはっきり聞こえるようになった。

――どうしましょう。いっそ、一帯を火の海にしますか？

とはジェスの提案。しかしちょっと、発想が大胆すぎた。

〈人間には気付かれたくない。犬さえやり過ごせば、ここは切り抜けられるんだ〉

――しかしどうやって……

まずい。獣の呼吸音は離れることがない。犬たちはまだ追ってきているのだ。地面に付いたにおいを追跡されてしまったら、逃げようがない。

犬の足音が、周囲にぱっと散開する。

〈囲まれた……！〉

犬たちは予想以上に訓練されて、その集団行動も洗練されているようだった。

「炎術（フラーマ）――」

とジェスが呟（つぶや）きかけた、その瞬間。俺の背中で、セレスがむくりと起き上がるのを感じた。

俺たちの周りを、突風が吹き抜ける。どういうわけか、俺の左右で、風は逆方向に吹いていた。いきなり、セレスの冷たい両手が俺の両耳をぺっちりと塞ぐのを感じた。

風がさらに強くなる。途端に、頭蓋骨が割れそうになるような、甲高い爆音が響いた。

空気の渦が闇夜を切り裂くような、すべての音を塗り潰す音。

――犬たちは、任せてください

爆音でチカチカする脳に響いてきたのは、セレスの心の声だった。

見れば、統制のとれていたはずの犬たちが、俺たちそっちのけで暴れ始めているのが分かった。その隙にジェスが退路を見つけ、駆け出す。俺はジェスを追いかける。

ジェスのお尻だけを見ながら暗い森をしばらく疾走していたが、やがてジェスが立ち止まったので、一緒に立ち止まって呼吸を整える。爆音はすでに消えていた。

こちらに向かってジェスが何か言っていたが、聞こえなかった。

首を傾げると、耳に違和感がある。圧迫感というか、押さえつけられているというか。

「ごめんなさいです……」

冷たい空気と一緒に、謝罪が耳に入ってきた。セレスがミミガーを塞いでいたのだ。

「大丈夫だ。手の平がひんやりしていて気持ちよかったぞ」

「……ほんとですか」

「ああ。謝ることはない。むしろ俺がお金を払ってもいいくらいだ」

「え、お金……」

女の子にぎゅっと耳を塞いでもらえるサービスには、いくら払えばいいのだろうか。

ジェスがむすっとした顔を向けてくる。

「セレスさんをそういう目で見るのは、よくないと思います」

すると小首を傾げるセレス。

「……そういう目って、どういう目ですか?」

ジェスはいったん口を開いたものの、言葉に迷ったのかそのまま閉じてしまった。

「どういう目なんだ?」

「し、知りません！」

俺が追撃すると、ジェスは拗ねたようにふんとそっぽを向いてしまった。

セレスが小声で訊いてくる。

「あれ、私……何かいけないこと、言ってしまったでしょうか？」

「いや大丈夫だ。気にしないでくれ」

早足で歩き出したジェスに、セレスを乗せてテコテコついていく。夜の森は真っ暗だ。ジェスは相変わらず、〝風の便り〟を使って周囲を警戒してくれた。伏兵のいた場所からはずいぶん離れた。もう追っ手はいないようだった。

「……セレス、さっきは犬に、何をしたんだ？」

訊くと、セレスは俺の背中でお尻を少し動かした。ちょっと嬉しそうな声で、言う。

「休ませていただいたおかげで、少し元気が出て……〝狼起こし〟の魔法、使ったんです」

「……なんだっけ、それ」

「えと……オオカミさんたちを、起こす魔法です」

説明が下手か。

しかしその間に、俺も思い出した。

ジェスと俺が王都を目指していたとき、ジェスがノットからもらい、そのおかげで命拾いした道具――あれが「狼起こし」だ。奇しくも、あのとき使ったのも、針の森でのことだった。

人間には聞こえない超高音域の爆音を響かせてオオカミを怒らせる魔法の道具。超高音域は、オオカミだけでなく豚にも聞こえる。当然、犬にも聞こえるわけだ。

人間に気付かれずに犬を撹乱するには、もってこいの魔法だった。

「そういえば俺たちも使ったことがある。あのときは何だか、丸っこい道具になってたが」

「はい。普通、王都で作られた魔法道具に、小さな緑のリスタを入れて使うんです。サノンさんが、それを解析してくれて……仕組みを教わりながら、真似する練習をしました」

ジェスが勢いよく振り返ってきた。そして突然、セレスの手を両手で包む。

「そうだったんですね！　聞こえない音を出す魔法だなんて……セレスさん、すごいです！」

「すごいなんて、そんな……」

「詳しく教えてください。いったいどうやったんですか？」

ジェスがあまりに身を乗り出すものだから、俺の視界はジェスのスカートのふとももも辺りですっかり覆い隠されてしまった。何も見えない。

「どうやって……あの、風と風をこんな感じでぐるぐるして、それを頑張って『えい！』ってやって……そうすると空気がちょっとずつわんわんして……」

説明が下手か。

「なるほど、逆方向の風をすれ違わせて、空気を細かく震わせるんですね。そのために、同じ向きの渦を二つ近くに並べて……」

よく分かったな。

「でもどうしてセレスは、そんな魔法を練習してたんだ？」

ジェスのスカートから顔を出して訊くと、セレスはなんだか嬉しそうにはにかむ。

「ロッシさんの、代わりです」

…………？

昔はロッシが「狼起こし」を起動していたということだろうか。犬の代わりというのを嬉しそうに自称するのは、少し不思議だと思った。


歩き続けて、やがて、小さな川に辿り着いた。

「どうしましょう。渡りますか？」

ジェスに訊かれて、川を見る。歩いて渡れるくらいの、浅い小川だ。きっと雪解け水が混じっていて、歩いて渡れば冷たいだろう。しかし……。

「王朝軍は犬を連れている。地面を歩く限り、俺たちのにおいの痕跡が残ってしまう。しばらく川を歩かないか」

「なるほど、川ならにおいも足跡も残りませんからね！　さすがは豚さんです！」

手放しにさすが豚されて、申し訳なくなる。川を歩くというアイデアは、別に俺が発明したわけではない。むしろクライムサスペンスでは常套手段なのだが……まあこれが異世界転移の醍醐味というやつなのだろう。

「すごいだろ！　我ながら、天才の発想だよな。もっと褒めてくれてもいいんだぞ」

「えぇ……」

心の声が筒抜けなのだった。

俺たちは川にジャブジャブ入っていく――ことはなく、ジェスがいい感じに凍らせてくれた水面を歩いた。氷は役目を終えたそばから融けていく。まさに天才の発想だった。

しばらく川を進んでいるうちに、針の森を抜けた。

セレスと会ったときから、もう二〇キロメートルは歩いただろうか。さすがのジェスにも疲れが見え始めていた。

小川はやがて、南西へと流れる豊かな流れに合流した。係留されたまま放置され、朽ちかけていた小舟を失敬して、俺たちはそれに乗って川を下った。

暗い夜、軍に追われながらの船旅が始まった。

俺たちの舟が進むのは、黒い木々の茂る山に囲まれた穏やかな川。沿岸には小さな街が点在していた。家々はどれも白塗りの壁に暗い色の屋根で統一されている。

「こちらには来たことがありませんでしたね。あまり人がいないためか、とても静かです」

ジェスが街並みを眺めながら言った。

「位置としては、メステリアのどの辺りになるんだ？」

「南西部ですから、マイール川でしょうか。キルトリの西にある山脈よりも、さらに西の方の海に流れ込む川です」

「このまま進むと、じゃあ西の海まで行けるってわけか」

「ええ……おそらく。ただ、南西部は暗黒時代に文明の火が消えてしまった場所だと言われています。多くの街が、魔法使い同士の戦いによって滅ぼされてしまったんです。だから情報が少なく……川も、ちゃんと古い地図通りに流れているかは分かりません」

「でもなんだか、面白そうだ。行ってみる価値があるような気がする」

　俺が言うと、ジェスは意外そうに見返してくる。

「そうでしょうか？」

「ああ。俺たちがこれからすべきなのは、セレスたそを連れて逃げることと、何だった？」

「セレスた――さんが死なずに済む方法を、見つけることです」

　舟の縁(へり)に寄り掛かってうつらうつらしていたセレスは、名前が聞こえたからか、ふっと顔を上げた。俺たちが微笑(ほほえ)みかけると、困ったように口を笑わせて、またうつらうつらし始める。

「だがその方法は、いくら王朝の知識体系を頼っても、全然見つからなかったわけだ。だから俺たちは、かつて異世界から来たらしいルタという男の何かしらを、豚にもすがる思いで探し出そうとしている」

「藁では？」

「で、図書館でビビスが言っていたことによれば、ルタは『西の荒野』とやらに消えていった人物なんだろ？」

「……はい、確かに、そうおっしゃっていましたね。西の荒野とは、私が先ほど話した、文明の火が消えてしまった地域のことかと思います」

「好都合じゃないか。西の方に逃げれば、暗黒時代から手つかずの地域がある。王朝に統治されることがなかったために、王朝の知識体系に汚染されていない地域がな。そして、手掛かりと思われるルタは、そちらの方に消えていったと言われている。可能性はごくごく低いと思うが、手掛かりを探すなら、まず西から始めるのが得策だ」

「そうですね。では道中、どんなに些細なことも見逃さないようにしましょう」

……そう言った数分後には、ジェスもうつらうつらし始めた。半目になってはハッとして起きることを、繰り返す。

朽ちかけた小舟は、ジェスが油を染み込ませた布を創り出して表面を覆ったため、俺たちを乗せてもかろうじて浮いている。しかし魔法の動力装置はおろか、舵もないため、オールで漕がなければ川の流れに従ってゆらゆらと進んでいくだけだ。

考える。俺たちは、ここからどうすればいい？

このままでいれば、南西方向へ、王都から離れるように流れていく。問題はどこまで行くかだ。まだ追っ手がいるはずだ。先手を打って、逃げ切らなければならない。

犬を使って追えば、王朝軍は俺たちのにおいが川原で消えていることに気付くだろう。そこから川伝いに移動したと推測するのは容易だ。すると、奴らは川沿いを調べるに違いない。早々と着岸して陸路を選べば、そこからまたにおいを辿られてしまう可能性がある。

一方、川を行けばしばらく時間を稼げるが、追っ手の捜索ルート上にいつまでも滞在してしまうという危険な状態に変わりはない。

そして逃亡の旅では、ルート選択も重要だが、自分たちの体力も気にしなければならない。力尽きて追いつかれてしまっては元も子もない。すでに、舟の縁に寄り掛かって休むジェスとセレスには、かなり疲れが見えていた。セレスは眠っているようだ。

ちなみに俺は、美少女二人に挟まれて旅をしているという事実に元気溌剌。

「元気溌剌なんですか」

「まあ、そりゃな。可愛い女の子が増えたら嬉しいだろ。この世の真理だ」

ジェスは不満げに口を尖らせる。

「……私以外の女の人を、あんまり可愛い可愛いと言わないでください」

その小さく呟くような抗議に、俺は思わずどきりとしてしまった。

「悪かった。ジェスが世界で一番可愛い」

「いえ……私は別に、可愛くありませんが……」

どっちなんだ。

微妙な空気になって、話を変える。

「そういえば一つ気になったんだが、王朝軍は、いったいどうやって俺たちを見つけたんだろうな。目標がこちらへ向かっていると通達があった、って言ってただろ。そんなことがどうやって分かる？　移動中、どこかでヘックリポンに見られたか？」

ジェスは顎に手を当てて考える。

「そうですね……ヘックリポンには、独特の魔法反応があります。森の中ではかなり注意していたので、もし見つかるような距離にいたら気付いたはずなんですが……」

「だとしたら、どんな可能性があるんだろうな」

「針の森は、東側から燃え広がっていました。逃げるとしたら、豚さんが考えられたように、できるだけ炎から離れられる西側へ向かうのが一番です。追っ手も、同様に考えたのではないでしょうか」

「なるほど。それはあり得るな。少し安易に考えすぎたか……」

もしシュラヴィスが指揮を執っているとしたら――あいつはたまに失敗するが、なかなかのやり手だ。「十字の処刑人」事件でもそうだった。母親の明晰な頭脳を受け継いでいて、少なくともいくつかの点で俺たちよりも上手なのだ。

向こうにはそこそこの数の軍隊と、国じゅうに撒いたヘックリポンがいる。

　もちろんヘックリポンは解放軍が見つけ次第殺しているだろうから、数は減っているはずだが……それでも逃げ続けるのは、かなり骨が折れそうだ。

「ごめんなさいです、私なんかのために……こんなに大変なこと」

　いつから起きていたのか、セレスが謝ってきた。ジェスが首を振ってその頭を撫でる。

「私なんか、なんて言わないでください。謝ることもありませんよ。私たちは、当然のことをしているまでです……セレスさんは、大事な妹ですから」

「いもうと……」

　分かりかねる様子のセレスに、ジェスは両手の拳を握って笑いかける。

「ええ。私のことはお姉さんだと思って、いっぱい頼ってくださいね」

「いいんですか……？」

「もちろんです！」

「ジェスのことは、気軽にお姉ちゃんって呼んでいいからな」

　口を挟むと、二人は困惑した顔で俺を見下ろしてきた。

「なぜ豚さんが許可をしているのでしょうか」

「いやあ、ほら、自分では言いにくいかな、と思ってさ」

　ついでに俺もお兄ちゃんと呼ばれようだなんてことは、露ほども思っていない。

「ついでにお兄ちゃんと呼ばれようと思っていたんですね……」

そんなことを言い合う俺たちに、セレスはあくまで弱々しい声で言う。

「でも、やっぱり私、申し訳なくて……いつも、何かしてもらってばっかりで」

「そんなことはない」

俺はすぐ、断言した。

「セレスは俺たちの恩人だ。セレスがあって、今の俺たちがある」

「恩、人……？」

そんなふうにはいまだかつて言われたことがないかのような声で、セレスが呟いた。

「この世界に戻ってきたとき、俺がジェスに再会できたのは、セレスが解放軍に合流しようとしてくれたおかげだ。何よりセレスは、見送り島でノットの命を救ってくれた。あのときノットが死んでいたら、今の俺たちはない。セレスはあの一件のせいで胸に楔を宿してしまったんだろ。その責任を俺たちが一緒にとるのは、至極当然のことだ」

「そうですよ！　私たち、何度もノットさんに助けられているんです」

セレスは目の辺りを袖で拭って、洟を啜る。

「……ジェスさん、くそどーてーさん……ありがとうです」

いい場面だったのに、クソ童貞呼ばわりのせいで台無しだった。

セレスが俺の方を見てくる。

「あの……そういえば……くそどーてーって、どういう意味なんですか……？」

ふむ。

この国の法律には明るくないが、一九の男が一三の少女にクソ童貞という言葉の意味を教えるのは、多分犯罪だろう。そもそもセレスに童貞という言葉を教えるためには、色々な前提知識まで説明する必要がありそうだ。それはきっとやめておいた方がいいに違いない。

「あのな、まず前提として、お花には雄しべと雌しべがあるだろ」

「豚さん？」

ジェスはどうしてそんなにニコニコしているんだ。

「そして花弁とがくがある。これら四つは、三種類の転写因子が花のもととなる部分のそれぞれ異なる箇所で発現することによって作られる。だから例えば、三種類のうち、雄しべと雌しべへの分化を担当する転写因子が上手くはたらかなくなると、がくと花弁だけの花、いわゆる八重咲きの花になるわけだ。セレスにはまだちょっと難しかったかな」

ジェスが小首を傾げる。

「何の話をされているんですか……？」

何って……花芽形成のＡＢＣモデルを説明しただけだが？

「まったく、雄しべと雌しべから、ジェスはいったい何を想像したんだ」

「な……何も想像してませんっ！」

頬を紅潮させて、思わずといった感じで大きな声を出してしまうジェス。

考えてみれば、一九の男が一六の少女相手にこのような発言をするのも絶対に犯罪だろう。可愛らしい豚の姿をしているから許されているだけなのだ。

「全然許されませんが……」

どうやらそうでもなかったようだ。

セレスはしばらくそわそわした様子で俺たちを見ていたが、やがて小さく口を開いて、それからまた閉じてしまった。何か言いたいことがある様子に見えた。

「どうした？　やっぱり言葉の意味が気になるか？」

ジェスに睨まれながら訊くと、セレスは少し怯えた様子でふるふると首を振った。ジェスの様子から、触れてはいけない話題だと察してしまったらしい。

「いえ……実は、あの……本当にどうでもいいことですけど……話す価値、全然ないことなんですけど……」

「そんなことはありませんよ。何でも話してください」

ジェスに促されて、セレスは言う。

「私……実は一三じゃなくて、もう一四です」

「あら、そうだったんですね！」

控えめに手を叩いて、ジェスが祝った。

セレスは、俺が心の中で一三歳だと思っていたのを気にしていたらしい。

俺ほどの年齢になれば、もう自分の歳なんて忘れてしまうこともあるくらいだが、セレスくらい若いとやはり、一歳の差は大きいものなのだろう。

「そうだったのか、すまない。誕生日はいつだったんだ？」

「えと……今月の、一四日です」

つまり、二の月の一四日ということか。俺の世界ではバレンタインデーじゃないか。

シュラヴィスの誕生日が二の月の八日だったから、その翌日に起こった「十字の処刑人」事件のすぐ後のことだ。解放軍とは離れ離れになってしまって、祝うどころではなかったが……。

「最近じゃないですか。おめでとうございます！」

「あ、ありがとうです……」

「めでたいな。誕生日おめでとう」

「そんな……別にめでたくなんて……」

年を重ねても、自己肯定感の低さは相変わらずのようだった。

「お祝いは、もうしたのか？」

訊くと、セレスは何を思い出したのか、少し嬉しそうに頬を緩める。

「はい。あんな事件の後で、バタバタしてたんですけど……ノットさんと一緒に、当日に私もお祝いしてもらって……あくまでノットさんのついで、ですけど……」

ジェスが少し不思議そうに訊く。

「あれ……とすると、セレスさんとノットさんは、お誕生日が同じなんですか？」

分かりやすく後頭部を掻きながら、セレスははにかんで頷いた。

なんと、そんな星回りがあったとは。

バレンタインデーで、しかもノトセレ推しの身としては大変感激の新事実だった。

まさに運命。ノトセレ推しの身としては誕生日が同じだなんて、できすぎと言ってもいいくらいだ。

「いえ、あの……運命とか、そういうのじゃないです」

地の文なんだけどな。

「運命じゃなかったら何なんだ？　同じ誕生日であることに必然性はないだろ」

「えっと……あるんです」

俺とジェスは揃って首を捻った。誕生日が同じことに、はたして必然性はあるのだろうか。

「セレスさんとノットさん、双子だったんですか……？」

「ずいぶんと歳の離れた双子だな」

「ノットさんが、実は一四歳なのかもしれませんよ」

「ずいぶんとイケメンな一四歳だな……」

中学生だけど、どうする？

好き勝手に推論を進める俺たちに、セレスは申し訳なさそうに言う。

「えと、ノットさんはご両親を知りませんから、本当のお誕生日、分からないんです。私が尋ねるまで、ご自身のお誕生日なんて、気にされることもなかったみたいで」

なるほど、そういうことか。

「私も両親は分からないですけど、イェスマですからお誕生日だけは知っていて……私ばっかりお誕生日をお祝いしてもらうのは申し訳ないですと、そうノットさんに言ったんです。そしたら『じゃあ俺の誕生日は、お前のと同じ日ってことでいい。忘れにくくていいだろ』って」

「へぇ！　そうなんですね！」

ジェスが目をキラキラさせて手を合わせた。

「です……それ以来、毎年ノットさんが私をお祝いしてくださるとき、私もノットさんをお祝いすることにしたんです……ノットさん、あまり自分が祝われることには、興味ない方のようでしたけど」

突然すぎるノトセレエピソードの供給に、頭が追い付かなかった。

そんなことをされてしまったら、それはまあ、惚れてしまうだろうな……。

「惚れるだなんて、そんな……」

地の文な。

「違うんです。ノットさんは……その、私にとってお兄ちゃんみたいな存在ですから」

ほう。なるほど。

もう一度再生してみてもいいだろうか。

私にとってお兄ちゃんみたいな存在ですから――

　ﾒお兄ちゃんﾒ

――お兄ちゃん。

お兄ちゃん。お兄ちゃん。お兄ちゃん。お兄ちゃん。お兄ちゃん。お兄ちゃん――

「どうして豚さんは、セレスさんの発言を切り取って、脳内で何度も反復しているんですか」

ジェスがぷんすこと膨れ始めてしまった。

「いや、ただ記憶を短く編集して、妹フォルダに保存してただけだ」

ジェスは「フォルダ」の意味が分かりかねる様子だったが、大体の意味は把握したようで、冷ややかな目で俺を見下ろしてきた。

「見境のないお兄さんですね」

　ﾒお兄さんﾒ

――お兄さん。

お兄さん。お兄さん。お兄さん。お兄さん。お兄さん。お兄さん。お兄さん――

見境もなく妹フォルダを潤す俺に、ジェスとセレスの豚を見るような視線が注がれる。

計画通り。

実のところ、その視線すらも、俺にとってはご褒美なのであった。

セレスが何かに気付いたように身体を起こしたのは、もう日付が変わろうという深夜だった。俺たちが下っている川は、少し先で湖に流れ込もうとしていた。

雲の切れ間から異常な密度の星空が覗き、青白い光を夜の湖に投げかけている。広い湖だった。周縁は緩やかな山の斜面に囲まれ、中央に小さな島が一つだけある。島には古城がぽつんと建っていた。小さな窓からうっすらと明かりが漏れている。

「セレスさん、どうされましたか……？」

ずっとおとなしかったセレスが急に身体を起こして、そわそわしながらじっと古城を見つめている。長い睫毛と大きな目も相俟って、肉食獣に驚くシカのようだった。

「あの建物、見覚えがあるんです」

何か違和感があるのか、控えめな胸の真ん中をさすりながら、セレスは言った。

「行ったことがあるのか」

「いえ……この辺りには、来たこと、ないはずなんですけど……」

心臓近くに添えられた手が、ぎゅっと服を摑んだ。

「…………っ」

「どうしたんですか、大丈夫ですか？」

ジェスが慌ててセレスを支えた。小舟が危なっかしく揺れる。セレスはジェスにもたれかかるようにして倒れ込んだ。

「胸が……痛くて」

「ちょっと失礼しますね」

ジェスがセレスの服のボタンを急いで外していく。骨ばった肌がちらりと見えた。

「あれ……これは俺が見ていていいやつか？」

「ダメなやつです」

ですよね。

耳をしょんぼりと垂らしながら、俺は後ろを向く。

すぐに、ジェスがはっと息を呑む音が聞こえた。

「……これは！　セレスさん、いったいどうして……」

「いったいどうしたっていうんだ」

「あの……ジェスさんたちが深世界から帰ってきたころにひどくなって……それから、ずっとこうで……」

「ずっとどうだっていうんだ」

「これは普通じゃありませんよ。どなたかに、相談はしていたんですか？」

「……いえ、お見せしたのは、ジェスさんが初めてです」

「セレスさん、どうして、こんなふうになるまで……」

「どんなふうになるまで???」

我慢できなくなって振り返ると、ファサッと音がして、視界が黒い布で覆われる。

ジェスが魔法で目隠しをしたのだ。

「ひどいじゃないか、俺はセレスの胸のことが心配で……」

返事はなかった。代わりに、ジェスとセレスが無言で意思疎通するくらいの時間があった。

「分かりました。はい豚さん、見ていいですよ」

黒い布が取り除かれた。セレスがジェスに抱えられている。セレスの襟元のボタンは戻されていた。胸の中央部だけボタンが外されて、素肌が露わになっている。

うっすらと、その素肌は白い光を放っていた。胸骨を中心にひび割れのような痛々しい痕が広がり、その痕が白く光っているのだ。光は服の内側を照らしてさえいる。

「これは、契約の楔を刺したところじゃないか?」

よく見ようとすると、ジェスがさりげなく身体で妨害してきた。俺も負けずに押し返す。静かな戦いを繰り広げながら、ジェスが訊く。

「……セレスさん、ずっと痛むんですか?」

「ずっとじゃないです。たまに……こうやって、見たことないはずなのに、なぜか見たことあるような、おかしな気分になると疼くんです。でも、こんなに痛んだのは初めてで」

押し合いをしつつ、ジェスと顔を見合わせて考える。

契約の楔を刺したところが痛む――その条件は、不思議な既視感があるとき。

「セレス、他に既視感があったのは、例えば何を見たときだ？」

「古くからある建物を見たときだったと思います……このようなお城とか、大きな聖堂とか」

ということは、昔の人の記憶だろうか。でもなぜそんなものがセレスに？

「ジェス、これは契約の楔に関する貴重な手掛かりかもしれない。詳しく調べる価値がある」

「……セレスさんの身体を詳しく調べるんですか」

まるで俺がセレスの胸を調べたがっているみたいな言い草だな。

変態じゃあるまいし。そんなこと、断じてあるはずがないじゃないか……！

「違う。既視感の対象だ。セレスはあの島に建つ古城を、見たことがある気がするんだろ。そしてそんな気がすると同時に、楔を刺したところが痛んだ。あの古城に、楔に関する手掛かりがあるかもしれない。俺たちには他に何も伝手がないんだ。あの場所を調べない手はない」

「そうですね……」

ジェスの物憂げな目が古城へ向けられる。懸念は分かる。古城が建つのは、湖の中にぽつんと浮かぶ島の上。湖上の古城だ。王朝軍に追われている俺たちがあんなところに行って、万が一でも見つかってしまえば、もう逃げ場はない。

「大丈夫だ。ヘックリポンには気を付けてきただろ。王朝軍にもまだ見つかっていない。今のところ、俺たちの所在を知る者はいない。追っ手がこの水系を虱潰しに探すとしても、それなりの時間がかかるだろう。少しなら、余裕があるはずだ」

「分かりました。行きましょう」

ジェスはセレスの服をしっかり戻してから、オールを使って小舟を漕(こ)ぎ始めた。細い腕なのに、舟は力強く進んで湖に入る。

湖面は風で穏やかに揺れている。暗いのでどれほどかは分からないが、水深はかなりあるようだ。まっすぐ、小島に向かう。

こつんと軽い音を立てて、小舟は桟橋に到着した。桟橋にはもう一つだけ、きれいに白く塗られた小舟が係留されている。城の主(あるじ)が普段使っている舟だろう。桟橋からは整備された坂道が伸びて、古城のある高台へと緩いカーブを描きながら続いていた。

俺たちは舟を降りて古城を目指した。道の周囲には手入れの行き渡った様々な種類の庭木が配置されている。冬の白い花の優雅な香りが冷たい風に乗って運ばれてきた。

「もしかすると、かなりのお金持ちが住んでるのかもな」

「ええ、そう見えます」

ジェスは顔を上げて古城を見やった。石造りの古そうな建築ではあるが、どこかが壊れているわけでもなく、窓辺には花さえ飾られている。大切に守られてきた場所なのだ。

仰々しい入口の扉の脇には、木の板で作られた看板がかかっていた。

歴史浪漫と宝の砦　ルシエ城
いつでもご自由にお呼びください

きっと「いつでも」というのは、深夜を含んでいないだろう。しかし、窓からは暖かな明かりが漏れている。まだ誰か、起きているかもしれない。

俺たちは国から追われる身だ。ゆっくりしている時間はなかった。

ジェスが思い切ってドアノッカーを叩いた。

「はいはーい」

すぐに、思ったよりも幼い声が返ってきた。重々しい扉がぎいいと音を立てて開く。

出迎えてくれたのは、セレスよりも年下に見える少女。まっすぐな金髪を人形のように切り揃え、深紅のリボンがついたカチューシャを着けている。黒と白を基調としたこぎれいなメイド服に身を包んだ姿には、少しも乱れというものがなかった。

「こんばんは！　歴史浪漫と宝の砦、ルシエ城へようこそ！　いらっしゃるのが、窓から見えていましたよ」

利発そうな明るい声で言って、少女は溌溂と窓を指差した。

しかしテーマパークのスタッフみたいな迎え方をするんだな……。

「夜遅くに、本当にすみません。ちょっと、お願いがありまして」

ジェスが言うと、メイド少女の目がボロボロのセレスに向けられて、それから一瞬、豚の俺に向けられた。少女は人差し指を顎に当てて、何か考える。

「お二人とも、逃げてこられたんですね」

身体を少しこちらへ傾け、囁いてきた。

言い当てられて緊張が走る。……だがまあ、セレスの身なりや訪問の時間帯からして、俺たちが普通の客でないことは明らかだろう。

ジェスとセレスの不安を感じ取ったのか、少女はにこっと幼い笑顔を向けてくる。

「大丈夫ですよ、私もイェスマなんです。上がってください、お爺をご紹介します」

状況がよく分からなかったが、少女から危険なにおいは感じられなかった。

迎え入れられて、居間まで案内される。年代物の絨毯が敷かれ、その上には高級感のある古めかしくも洗練された調度品が並ぶ。壁際の暖炉では、残り少なくなった薪がチロチロと燃えていた。

その前で、白髪の老人が、一風変わった椅子に座りくつろいでいた。

赤いクッション張りの肘掛椅子。左右に木製の大きな車輪がついている。まるで車椅子だ。肘掛の上には黄色のリスタが嵌め込まれていて、老人がその部分を撫でると、車輪がひとりでに動いて、椅子がこちらを向いた。

深い皺の刻まれた、かなり高齢に見える老翁だった。櫛が入ってふんわりと流れる白髪に、対照的な烏色のナイトガウン。そして深紅の膝掛け。人のよさそうな、落ち着いた顔立ちだ。

「お嬢さん方。歴史浪漫と宝の砦、ルシエ城へようこそ」

低くゆったりとした声には上品さがあり、まさに金持ちの老人という感じがした。

テーマパークのスタッフめいた歓迎の言葉は、どうも彼らの定型句らしい。

「そこにお掛けなさい。すぐ温かいお茶を出そう。エザリス！」

エザリスと呼ばれたさっきの少女は、言われる前から先回りして、おしゃれな模様のティーセットを、お盆にのせて運んでくるところだった。楽しそうな足取りに、カップがソーサーの上でカチャカチャと揺れる。

ジェスとセレスは歓迎されるがままソファーに座った。俺はジェスの足元で丸くなる。

「自己紹介が遅れたね。私はグラン。歴史浪漫と宝の砦、ルシエ城の城主をしている」

もしかすると、「歴史浪漫と宝の砦」まで含めて城の名前なのだろうか。

「そしてこっちがエザリス。私の世話をしてくれている。お嬢さんたちは？」

ジェスです、セレスです、と二人が口々に名乗った。俺は豚です。

「そうかそうか、いい名前だ」

突然の、深夜の訪問なのに、グランと名乗る老翁は不思議なほどに快く歓迎してくれた。

ジェスの不安そうな顔を見たのか、グランは肩を揺らして笑う。

「心配なさるな。見物はいつだって大歓迎。この歳になると、あまり眠らなくなるんだよ。しかしエザリスには、そろそろ寝てもらった方がいいかね」

お盆をテーブルに置きながら、エザリスは大きく首を振る。

「いえ、久しぶりのお客様ですから！　今日はお昼寝もしましたので、もう少し」

「そうかそうか」

よく分からないまま話が進んでいく。この老人は、こんなボロボロの身なりの俺たちが、この深夜に、観光をしにきたと思っているのだろうか。

それとも逃げてきていることを分かったうえで、それに触れないようにしているのか。

俺たちから何か頼んだわけではなかったが、エザリスがお茶を淹れている間、親切そうなグランはどこか自慢げに古城の説明を始めた。

「昼間はもっと、美しいところなんだけれどね――」

語り始めると長かったので、要約しよう。

歴史浪漫と宝の砦ルシエ城は、彼の一族が古くから守ってきた古城だという。昔も今も独特の景観に恵まれていて、世界がおかしくなる前には多くの旅人が見物に訪れ、また宿泊のために部屋を貸すことも多かったという。

やたら好意的な歓迎ムードや、城に付けられた謎の二つ名、手慣れた感じの接待には、こうした事情があったのだ。俺たちは、訳が分かってホッとした。

「しばらくお客に恵まれなかったからね、どんな理由であれ、お嬢さんたちが来てくれてとても嬉しいんだ。せっかくだから、ゆっくりしていかれるといい。この城のことは何でも知っている。何か気になることがあったら、いくらでも訊いてくれ」

それは好都合だ。俺たちは、セレスの既視感の正体を探るために、少しでもいいからこの城に関する情報が欲しいのだ。

いい香りのするお茶をもらって一息つくジェスに、俺は心の声で耳打ちする。

〈どうもこのじいさん、城にただならぬ誇りをもっている人に見える。積極的に興味を示していけば、この城について、自分から色々と話してくれるかもしれないぞ〉

――なるほど、いいアイデアですね

ジェスは居間を少し見回してから、グランに顔を向ける。

「あの……もしかするとこのお城、ゴーソル様式の中でも特に初期のものではありませんか？石材の色の選び方が、とても独特に見えます」

グランは皺だらけの目を丸くして、ジェスをまじまじと見る。

「……なんと！　お嬢さん、かなり建築に詳しいと見た。その道の名家に仕えていたのかな？実はお嬢さんの言う通り。歴史浪漫と宝の砦ルシエ城は、ゴーソル建築の中でも最初期に当たるもので、厳密に言えばむしろゴーソル様式という概念ができる以前の城、つまり始祖とも言える記念碑的な建築なんだよ」

丸くした目をそのまま輝かせて、グランは嬉しそうにしゃべった。

積極的に興味を示すと命じてみたが、ジェスがここまで上手いとは思っていなかった。

というか何だゴーソル様式って。

「なるほど、そうだったんですか！　とすると、王暦よりもずっと前からあるお城ということですね。私、ここの歴史に興味があるんです。夜も遅いですが、もし差し支えなければ、もう少し詳しく教えていただいてもよろしいですか？」

ジェスも言うように、この深夜に、差し出がましい要求ではあった。

しかしグランの白く長い眉毛は嬉しそうに跳ね上がる。

「もちろん、もちろん！　それが私の生き甲斐と言ってもいいくらいだ」

グランが肘掛のリスタを撫でると、椅子が彼を乗せたままぐるりと廊下の方を向いた。

グランの肘掛椅子は、リスタを動力とする車椅子になっていた。リスタを触って操作することで自在に動き回る。エザリスが走って鍵を取りに行っている間に、グランは俺たちを連れて城の奥へと向かった。

「せっかくだ。まずは私が長年集めてきた、この村のお宝をお見せしよう」

〈ナイスだな、ジェス〉

――ありがとうございます

城内は古くとも整った内装で、入り組んだ廊下は見ていて飽きない。深夜にもかかわらず、リスタで輝く魔法のランタンが暖かい光で方々を照らしていた。

観光としてはなかなか楽しい体験だった。しかし、悠長にしていられる場面でもない。むしろ今は、本来ならできるだけ早く、王都から離れていくべきときなのだ。

だが、セレスの既視感と胸の痛みには、捨て置くには惜しいほどの引っ掛かりがあった。何でもいい。契約の楔やルタについて、とにかく少しでも情報が欲しいところだった。

そのためには、この陽気なじいさんからできる限り話を引き出す必要があった。

グランに案内されたのは、その名も「宝物の間」。堅牢な扉の前でしばらく待っていると、エザリスが鍵を持って走ってきた。

扉が開かれて、ジェスが歓声を上げる。

天井の高い大きな部屋に、様々な品が所狭しと並べられている。宝と言っても、その大部分は、金銀宝石というより、絵画や彫刻、家具や絨毯のような、美術品、工芸品の類だった。

正面の壁を大きく飾るのは、中心に切り立った岩山のある街を描いた、美しい油絵。街は四方を山に囲まれ、中央の岩山の上には城が建っている。どこの街なのか分からなかったが、一番目立つ位置にあることから、特別な絵なのだと推測された。

それにしても、とてつもない量のコレクションだ。かなり古いだろうものも多く、すっかり茶色に変色してしまった大理石の彫像まであった。

「この彫刻は、村の聖堂で長らく祭壇を飾っていた女神像だ。暗黒時代以前は、それぞれの街に、少しずつ異なる信仰があったんだよ。この女神は豊作をもたらすと信じられていて、ご覧の通り非常に豊かな乳房が――」

などと、グランは嬉々として宝物の解説をしてくれた。淀みない説明は、きっと何度も客を案内してきた賜物だろう。次から次へと、歴史ある品々を紹介してくれる。久々の客で嬉しいのだろうか、テンションがとても高いように見えた。話しながら、例えば非常に豊かな乳房などを、皺だらけの手で愛おしそうに撫でさすっていた。

「セレスさん、色々と見てみて、何かピンとくるものがあったら、言ってくださいね」

「はい……やってみます」

グランの後ろで、ジェスとセレスが小声でやりとりしている。

俺は面倒な関心を集めないよう、極力ただの豚のフリをしていた。幸運にも、エザリスは俺に特段の興味を示していない様子だった。俺の地の文は、注意を向けてわざわざ知ろうとしない限り読めないらしい。彼女が目の前で無邪気にしゃがみ込み、俺を撫でてきたときは肝が冷えたが、豚らしく脳内をブヒブヒで埋め尽くすことによって難を逃れた。しゃがんだ脚の間から目を逸らさなかったのは、紳士として振る舞うことよりも、豚として振る舞うことを優先させたからだ。けっして邪な気持ちではあり得ない。

グランは全く疲れる様子を見せずにガイドを続ける。

「こちらにある白磁の豚は、村の公衆浴場に置かれていたものだ。温泉成分が付着しているのが見えるかな。この非常に大きく造形された睾丸が象徴するように、豚は人間の邪な心を象徴しており、村人へのある種の戒めとして——」

なぜジェスはそこで俺を見てくるのだろう。

しばらく進んだところで、ジェスがふと、老翁の淀みない説明に口を挟む。

「あの、グランさん」

由緒正しい金張りの便座を愛おしそうに撫でる手を止め、グランはジェスを振り返った。

「どうしたね」

「えっと、少し気になったのですが……先ほどから村とおっしゃっているのは、いったいどちらのことでしょうか」

そういえば。ジェスの発言で思い至る。ここは湖に浮かぶ島だ。周りに村らしきものは見当たらなかった。当然のように聞いていたが、確かに、村とは何だろうか。

「まさしく！　その質問を待っていた！　お嬢さんなら尋ねてくれると思っていたよ」

これまでで一番嬉しそうに、グランは便座の説明を切り上げた。そして、列をなす彫刻の間を車椅子で巧みに通り抜け、俺たちを一番奥の壁の前に案内する。

一番目立つ、大きな油絵。岩山を囲む街を描いたものだ。

「これがルシエ。我が故郷の村だ」

セレスはぽかんとしていた。だがジェスは、ハッと息を呑む。俺もようやく気付いた。

岩山の頂にあるのが、俺たちが今いるルシエ城。そして周りの村は——

「まさか、湖の底に沈んでしまったんですか？」

驚くジェスに、いかにも、とグランは頷く。

「かつてここルシエは、小ポズピムとも呼ばれるほどの美しい村だった。暗黒時代に山を壊され、マイール川を堰き止められて、この城以外、すべて沈んでしまったのだよ」

俺たちはそのマイール川を、さっき下ってきたばかりだ。船で渡ったあの湖は、かつて村だった場所。下流部分の谷が埋まり、川の水が村を覆い尽くしたのだろう。

「ポズピムとは、北部にあった城郭都市ですね」

「いかにも。お若いのによく知っているね！」

「私も一度、見たことがあるんです！　とても美しい街並みでした」

何のことかと思えば――そういえば、深世界にいたとき、闇躍の術師の故郷を覗いたことがあったっけ。ポズピムという名だったはずだ。あちらも中央に大きな岩山があり、それを囲むように街が造られていた。この絵画の村を表現するなら、小ポズピムという言葉はふさわしいように思える。

もっとも、俺たちがあのとき見たポズピムは、山の上の城を岩塊で潰され、街はことごとく焼き尽くされていたが……。

「はて……お嬢さん、ポズピムは一三〇年ほど前に破壊された街のはず」

グランの呟きに、ジェスは分かりやすく動揺した。余計なことを言ってしまったと気付いたのだろう。一三〇年前に破壊された街を一六の少女が見ることは、普通あり得ない。

「あ、ええと、絵で見たんです！　知ったような口をきいてしまい、すみません」

「そうかそうか、いいんだよ。しかし、まだ絵が残っているとは驚きだね。暗黒時代以前の記録というのは、王朝によって厳しく取り締まられているはずだから……特にポズピムはね」

「特に、というのは？」

グランは声を少し落とす。

「ポズピムの王は、思いやりがあり優しく、戦いを好まぬ賢者として有名だった。それなのにヴァティスが、一方的にすべてを破壊してしまったのだから……王朝にとって、これほど不都合な真実はないだろう？」

「そ、そうなんですね……知りませんでした……」

「よし！」

グランはまるで子供のように、歯を見せて笑った。

「お嬢さんは勉強熱心で、昔のことにもたいそう興味がおありのようだ。特別に、秘蔵のギャラリーをお見せしよう。王朝の者に知られると困る。何があっても、口外無用だよ」

「あ……ありがとうございます」

グランはさらに奥を案内してくれるようだった。

宝物(ほうもつ)の間(ま)の一角に、大きなタペストリーが飾られていた。白い布で前を隠しただけの金髪の少女が、浴槽の縁に腰掛けている——そんな様子を描いたものだ。グランが合図をすると、エザリスがタペストリーをめくった。

裏には、黒い金属の扉が隠されていた。エザリスが鍵を開ける。

「さあ、どうぞ！」

開かれた扉の向こうには、窓のない通路が伸びていた。壁にずらりと並んだランタンが次々と灯っていく。

車椅子のグランを先頭に、隠し通路へと入った。一番後ろでエザリスが鍵を閉める。

グランが進みながら説明した。

「この通路は地下に向かって伸びていて、かつては山の中腹から外に出ていたんだが……出口は今、知っての通り水の中でね。脚も悪くなって、今は秘密のギャラリーとして使っている。ここにあるのは、我が一族が代々王朝の検閲から守ってきた、貴重な宝物たちだ」

壁には様々な街の様子を描いた絵画が飾られている。

ジェスが思わずといった様子で嘆息する。

「これは……見たこともない街が、たくさん……もしかすると、南西部の街ですか？」

「いかにも。今では西の荒野と呼ばれている地帯にあった街だ。どれも暗黒時代までに、不毛な戦いによって失われてしまった。知っているかね？　全盛期のメステリアには、ざっと今の一〇倍ほどの人々が暮らしていたんだよ。人や街とともに、貴重な文化も失われてしまった」

「……知りませんでした」

ジェスの声は、申し訳なさそうに委縮していた。

「知らなくて当然。すべて王朝によって、力ずくで葬られてきた真実なのだから」

グランの口調が強くなる。

「しかしいくら王朝とはいえ、歴史の証拠のすべてを葬ることは不可能だ。ここだけではなく国じゅうに、過去の痕跡は残っている」

グランがふと、セレスを振り返った。

セレスは両手で胸を押さえ、ある一つの油絵を見つめている。

「お嬢さんの見ている街が、顕著な一例だ。美しいだろう。死の街、ヘルデだ」

油絵には細かいタッチで街の様子が描かれていた。天を突き刺すように並ぶ、白と黒、二つの巨大な尖塔。街外れの山の中腹にレンガ積みの城が見える。

「……セレスさん、こちらが気になるんですか？」

ジェスの問いに、セレスは胸を押さえて頷いた。ジェスの腕がそっとセレスの肩を抱く。

「グランさん、ヘルデというのは……どういった街なんでしょうか」

「今は棄てられた街だが――昔から、秘境と呼ばれてきた場所だ。交通の便が悪くてね。一度行ったことがあるが、どこか不思議な雰囲気の土地だった。太古の昔に死んだという、不思議な力をもった男の、不思議な墓がある」

ジェスとセレスは顔を見合わせた。

謎の既視感がこの街にもあるのなら――きっと訪れる価値があるはずだ。

ジェスは絵画に近づいて、じっと見つめる。茶色い瞳がキャンバスの表面を走査するように動き、そして一ヶ所で止まった。

「あっ、これは……」

ジェスが絵の中の城を指差した。

豚視点ではよく見えなかったが、何かが小さく描かれているらしい。

「おお、お嬢さんは目がいい。何か硬いもので、三角形の記号が刻まれているのだ。意味は分からないがね。きっと後からつけられた落書きだろう」

ジェスが両手の指で縦に細長い二等辺三角形を作って、俺に見せてきた。

まさか、と思う。

単なる偶然でなければ――これは契約の楔の記号だ。

俺たちが「出会いの滝」で楔を見つけたときにも、壁に刻まれていた記号。

「あの！　どうやったら、ここへ行けるのでしょうか」

ジェスの前のめりな問いに、グランは不思議そうな顔をする。

「まさか、死にに行くわけではないだろうね」

「あの……いいえ、そういうわけでは……ただ、純粋な興味です」

「そうかそうか。純粋な興味というのはとても大事なものだ。こっちに地図がある。どこから行くにもかなり複雑な道のりなんだが、実はここからならちょっとした近道があって――」

そのとき、何か物音がした。

グランは言葉を切って、口を閉じる。その顔からすっと笑顔が消えた。

通路は途端に静かになった。ミミガーを澄ますと、不規則な音が聞こえてくる。

遠くから響いてくる、戸の叩かれるような音。いささか乱暴な叩き方のように思えた。

「あら、お客様でしょうか？」

エザリスが来た道を慌てて戻ろうとする。

グランは車椅子から、皺だらけの手を素早く伸ばして制止した。そして静かに首を振る。

「行ってはならん」

冷静なその声には、わずかに緊張が滲んでいるように思えた。

「……私が出る。お前はここで待っていなさい」

「しかしお爺は……」

エザリスが困った様子で車椅子を見た。

「誰が来たかも分からないのに、お前を一人で出すわけにはいかんだろう。エザリスはお嬢さん方と一緒に、ここに隠れていなさい。万が一のときは、分かるね」

グランは車椅子を操作し、来た道を戻っていく。エザリスが駆け足で先回りして、扉を開いて彼を通した。車椅子が出ていくと、エザリスはしっかり扉を閉めた。

ジェスの顔はすっかり青くなっていた。俺も同じ気持ちだった。

……こんな時間にこの城を訪れる客とは、いったい何者だ？

久々の客だという俺たちと、偶然にも来訪が被ってしまうことなんてあり得るだろうか？

可能性は低いと言わざるを得ない。

「あの……お二人と豚さんは、いったいどちらから逃げてこられたんですか？」

エザリスが控えめに訊いた。

ジェスの目が、少し横に逸れる。

「キ、キルトリの方です。分かりますか、南の方にある」

「はい、もちろん。例の修道院があった、バップサスのすぐ南ですもんね……でもあちらは、まだそれほど招待が厳しいとは聞いていませんでしたが」

招待が厳しい、という言い方に引っ掛かりを覚えた。どういうことだろう。

エザリスは仕方なさそうに笑いながら、ジェスを見上げる。

「ちょっと最近、王様が何をしようとしているのか、分からなくなってきました。世界がこんなにおかしくなっているのに、何の説明もないし……突然首輪を外したと思ったら、王都に招待だなんて。理由も言わずにそんなことをされると、不審ばかりが募ってしまいます」

エザリスは、その細い首にそっと手を当てた。

きっと二週間前まで、そこには重い銀の首輪が嵌まっていたはずだ。細い鎖骨の上にうっすらと、首輪の痕だろう痣が見える。

ジェスは彼女の言い分に、しゅんと沈んだ顔になる。

「そうですよね……」

「あれ、どうしてジェスさんが申し訳なさそうにされるんですか？」

「あっ、いえ、その……申し訳ないというか、私も同じ気持ちで」

ジェスは苦い顔で微笑んだ。

「でしょう？　ご存じかもしれませんが、リスタだって、王都からの供給が止まっているようですよ。お爺のように、リスタがなければ不自由する人もたくさんいるのに」

「グランさんは……お身体が、不自由なんですね」

「ええ。もうかなりのお歳なんです。だから私、王都には行きたくなくて。私がいないと、お爺は生きていけませんから」

このエザリスという少女は、幼いながらもはっきりと自分の意見をもっているようだった。話すことも理路整然としていて、きちんと教育を受けていたことを感じさせる。

「それにお爺は、とても優しくしてくれるんですよ。ここで小間使いをするのが嫌だなんて、私一度だって思ったことがないんです」

話さずにはいられないかのように言葉を続ける。

「お客様に失礼のないようにといって、イェスマの私に、お爺はたくさんのことを教えてくれました。お城のこと、村のこと、歴史のこと、そして王朝がしてきた数々の悪いこと。私は知っています。お客様に失礼のないように、なんていうのは口実です。お爺は私のことを、まるで孫娘のように大切に育ててくれました。お爺と離れて暮らすなんて、嫌なんです」

しゃべっている途中から、熱くなってしまったのか、エザリスの目に涙が浮かび始めた。ジェスが驚いてあわあわと手を動かす。

「一緒にいられますよ、きっと！」

「そうでしょうか」

エザリスは閉ざされた扉の方を見る。様子を見に行ったグランは、まだ帰ってこない。

「王様のやり方は、やっぱり間違っていると思います。ノットさんたち解放軍が、王朝を倒してしまえばいいのに」

突然出てきたノットの名前に、セレスの肩がぴくりと跳ねた。ジェスは平静を装えていたが、セレスはそうもいかなかったのだろう。

心の声を聞いたのか、エザリスがセレスのことをじっと見つめる。

「セレスさんは……ノットさんにお会いしたことがあるんですか？」

「あ、えと、少しだけ、お見かけしたことが……」

「そうなんですか！　羨ましい。ねえ、どんなお顔でしたか？　とても端整なお顔をされた美

青年だという話を、聞いたことがありますが」

エザリスはノットに相当な興味があるようだった。ここから動けず何もできない状況で気を紛らわすために、とにかくおしゃべりをしようとしているようにも見えた。

訊かれて、セレスは少し頬を染める。

「……とても凛々しくて、素敵な方です」

「やっぱり！　いいなあ、私も一度でいいから、お会いしてみたいんです。解放の英雄、ノット……メステリアじゅうのイェスマたちにとって、憧れの男性ですものね」

豚の俺は会話を見守ることしかできない。ジェスも言葉が見つからないようだった。

「知っていますか、セレスさん。ノットさんは、イェスマだった愛する女性を殺されて、それでイェスマ解放の道に進まれたんですって。今もただ、その方のことだけを思いながら戦われていると聞きます。まさに悲劇が生んだ英雄――素敵じゃありませんか？」

セレスは下を向いて、頷く。

「そうですね、とっても……素敵だと思います」

なんとも微妙な空気が漂っていた。せわしないくらいに口を動かしていたエザリスも、それを少し察したのか、扉の方を見てふうと息を吐く。

「……私、お爺の様子を見に行ってきます。みなさんはくれぐれも、ここから動かないでくださいね」

ジェスが心配そうにエザリスを見る。

「でも、グランさんはさっき――」

「心配なんです。とにかく、行ってきます。すぐ戻りますので」

それだけ言うと、エザリスは急いで隠し扉を開けて、宝物の間へと出ていった。

薄暗い通路に、ジェスとセレスと俺は取り残される。

セレスは壁を向いていた。小さく洟を啜る音が聞こえてくる。

ジェスと俺は顔を見合わせた。俺にはかけてやる言葉が見つからなかった。ジェスはそっとセレスに歩み寄って、その肩を抱く。

「セレスさん、絶対に楔のことを解決して、ノットさんのところに戻りましょうね」

「……はい」

俺は回り込んで、セレスのお尻の横から油絵を見る。

「死の街ヘルデ、次はここに向かってみるか」

セレスの向こうから、ジェスが頷いてくる。

「ええ。セレスさん、またさっきと同じように、見たことがある気分になったんですよね」

「……です。なんだか、とても行きたいような……不思議な気持ちになるんです」

その小さな手が、心臓の辺りをぎゅっと押さえた。

「それならなおさら、行くしかないな。胸の痛みは、何かのメッセージかもしれない。あのじいさんは、ここからなら近道があると言ってただろ。好都合だ」

「決まりですね、そうしましょう」

ただ、問題がある。この深夜に城を訪れた何者か。迎えに行ったグランはなかなか帰ってこない。何かよくないことが起こっているような予感がした。

「じゃあまずは、ここから安全に出ることを考えよう。万が一、王朝軍がここを突き止めていたとしたら——簡単にはいかない話だ。最悪、一戦交えることになるかもしれない」

「でももし、シュラヴィスさんまで来ていたら……？」

「そのときは……そのときだ」

戦わずに逃げるのが一番だ。でももし相手に強力な魔法使いがいた場合……こちらもそれなりのことをしなければならないだろう。

ジェスとシュラヴィスが戦う姿を想像して、ぞっとする。

「……ジェスさん、ごめんなさい、私なんかのために、そんな……」

弱々しい声で言い、セレスがジェスを見た。大きな目は真っ赤に腫れている。

ジェスは優しく微笑み、セレスの両肩にそっと手を置いた。

「大丈夫です。セレスさんのことは、私たちが絶対に守ってみせます」

「……ありがとうです」

セレスはジェスの手に、小さな手をそっと重ねた。

俺たちはしばらく、薄暗い通路の中でグランやエザリスを待った。

だが、一向に戻ってくる気配がない。宝物の間に続く扉に耳を当てても、音や声は聞こえない。何が起こっているのか、全く分からなかった。

狭い隠し通路の中で、俺たちはさすがに不安になってきた。

「この通路は、山の中腹に続いてるんだよな。でもその出口は今、水没している。つまりここはどん詰まりってわけだ。宝物の間に誰か入ってきたら、俺たちは袋の豚ということになる」

「袋の豚……？」

鼠だったかもしれない。

「一回ここを出てみないか。隠れるにはいい場所だが、状況が何も分からないのはよくない。もし追っ手が来ているのだとしたら、逃げ道を考えておかなきゃならない。周囲がよく見える場所に移動しよう」

「そうですね、行ってみましょう」

ジェスが扉を小さく開けて、宝物の間を覗いた。

「誰もいないみたいです。今のうちに」

ジェスを先頭にして、俺たちは宝物の間へ出た。

「この城には高い塔があっただろ。あそこからなら、周囲の様子が偵察できる」

ジェスは迷いなく頷いた。

宝物の間から廊下に出て、細心の注意を払いながら塔へ向かう。道は分からない。城を外から見たときの記憶と方向感覚だけが頼りだ。

「あっちです！」

ジェスの指差す方に、螺旋階段への入口が見えた。その窮屈な構造からして、塔を上るものに違いなかった。俺はふと思い立ち、しんがりを務めるためと言ってセレスに先を譲った。

幅の狭い、急な石の階段を駆け上がる。ジェス、セレス、俺の順だ。窓のない円筒形の塔の中を、ひたすらぐるぐると上っていく。

しんがりを引き受けたのには、本当に、完全に、誓って他意はなく、一〇〇パーセント自己犠牲の精神からだったのだが、豚視点だと、セレスの脚が割と際どいところまで見えた。というか暗くてよく見えないだけで、角度的に実はおぱ――

「豚さん」

冷たい声が聞こえて、俺は視線を落とした。確かにしんがりは前ではなく、後方に集中すべきだろう。豚の広い視野を活かして、警戒する。

塔の一番上の部屋に出ると、ようやく小さな窓があった。

俺は近くに置かれていた木箱の上に乗り、ジェスやセレスと一緒に外を覗いた。

そして――絶句する。

川から来たのだろうか、二〇隻はくだらない船が、城のある孤島を囲むようにして浮かんでいる。赤い鎧(よろい)が見えた――王朝軍だ。そして曇り空の下には、大きく羽ばたく何物かの影が見え隠れする――王朝の龍だ。

村一つでも攻め落とすかのような軍勢が、ルシエ城を包囲していた。

「まさか本当に……」

俺が漏らすと、ジェスがすかさず言う。

「いったいどうして、こんなに素早く、ここが分かったんでしょう」

確かに、いずれ見つかる運命だったとしても、これではあまりに早すぎる。正確すぎる。

「まるで王朝が、俺たちの位置を把握してるみたいじゃないか」

「そうですね……」

それはまるで、シュラヴィスが位置魔法のかかった品を俺たちに仕込んでいるような――

「あ………ブレスレットです」

ジェスが悲しそうに言った。シュラヴィスから託された銀のブレスレット。手紙とともに、セレスを見つけたら呼んでくれと渡された連絡手段。

シュラヴィスとの、現状唯一の繋(つな)がりだ。

「どこにある。処分しないと」

「今……着けたままです」

ジェスは青い顔で、左の手首を見せてきた。

「リスタは外しているので、盗み聞きはないはずですが……もしかすると位置魔法なら……」

「仕込まれてる可能性があるのか」

ジェスは顔を悲痛に歪めて頷いた。

なんてことだ。これでは、GPS発信装置を持って逃亡しているようなものじゃないか。

「外そう。逃げる前に、捨てていかないと」

「ええ」

ジェスは留め具に指をかけた。震える指が、何度も上滑りする。

「もちつけ、どうせ場所はバレてるんだ。急いで外すことはない」

「……違うんです。慌てているわけではなくて」

「どうした」

「これ……外れません。金具が全く、動かないんです」

あまりの恐ろしさに、裏切りへの嫌悪感に、言葉がなかった。

「まさか、シュラヴィスが魔法で?」

「そうかもしれません」

ジェスは指で外すのを諦めると、その指先を少し離してブレスレットへ向けた。

「私も魔法を試してみます」

ふんっとジェスが力むと、銀のブレスレットが突然悲鳴のような金属音を発した。

額に汗が浮かぶ。ジェスがさらに力を込めると、悲鳴のような音も一段と大きくなった。

シュラヴィスの魔法は強力だった。外れるどころか、金具が歪む様子すらない。

このブレスレットに位置魔法が仕込まれているのは、ほぼ確定と言えそうだ。あいつは俺たちと連絡をとるためではなくて、ジェスの居場所を把握するために、ブレスレットをよこしたのだろう。俺たちがセレスの逃走を手助けすることを見込んで。

ジェスは窓の外をチラチラと見ながら、焦り始める。

「ど、どうしましょう。このままじゃ……私、セレスさんと一緒に逃げられません」

セレスを連れて逃げれば、シュラヴィスにセレスの居場所を教えてしまうことになる。

しかしセレスから離れたら、セレスを助けることができなくなってしまう。

「ジェスさん……もう、大丈夫です」

セレスが言った。

「助けてくださって……お姉さんになると言ってくださって、私、とても嬉しかったです。でももう、私のことはいいんです。やっぱり自分で、なんとかしますから」

声を絞り出すように言うセレスに、ジェスは強く首を振った。

「絶対に、よくなんかありません」

ジェスはブレスレットの外れない左手を見た。そして、何か閃いたように瞼が動く。

「――待て、ジェス、ダメだ」

俺は咄嗟に予感して、ジェスを止めようとした。

だが豚足は届かなかった。

ジェスの右手はブレスレットごと、左手を強く握る。ジェスが歯を食いしばって力を込めると、ぱきっと嫌な音がして――右手が少し動いた。白く滑らかな左手の肌がずるりと剝けて、とろとろと血が滴り始める。

恐ろしくなって目を閉じている間に、ブレスレットが床に当たる冷たい音がした。

目を開けると、鮮血に濡れたブレスレットが、俺の目の前に落ちている。

ブレスレットが壊せないなら、左手を壊してしまえばいい――それがジェスの判断だった。

「大丈夫です、利き手じゃありませんから」

ジェスは創り出した白い布で左手をぐるぐる巻きながら、俺とセレスに微笑んだ。

「おい……そういう問題じゃないだろ」

俺とセレスがドン引きしている間に、ジェスはブレスレットを右手で拾い上げて、それをシュラヴィスからもらった置手紙でくるんだ。白い紙に、じんわりと血が滲む。

「これ、どうしましょうか。ここに置いていきますか？」

「……捜索を攪乱させるという意味では、見つからないように隠しておくのがいいかもな」

ジェスは窓の外を見る。塔は湖に面していた。窓の下は水面だ。俺は頷く。

少し惜しそうに眺めてから、ジェスは大きく息を吸って、ブレスレットを置手紙ごと、窓の外に投げ落とした。

　ブレスレットは——あれだけ頼りにしていたシュラヴィスからの贈り物は、シュラヴィスと連絡を取る唯一の手段は——暗い湖の底へと消えていった。

「ジェスさん、あの」

　セレスが言って一歩踏み出し、早くも布に血が滲み始めているジェスの左手を取る。

「……私なんかのために、ありがとうです」

　ぎゅっと、セレスはジェスの左手を握った。

　ジェスは驚いた顔でセレスを見て、それから布をほどく。その左手はすっかり癒えていた。セレスが魔法で治療したのだ。

「痛く、ないですか？」

「ええ……セレスさん、ありがとうございます。おかげさまで」

「えへへ」

　ずっと悲しみに暮れた顔をしていたセレスは、そこでようやく少し嬉しそうに笑った。

　俺は窓の外を確認してから、二人に言う。

「さあ、逃げる手立てを考えよう。ここは行き止まりだ。下に戻って、逃げ道を探すんだ」

「そうしましょう」

　さっき上った階段を早足で下る。後ろを心配する必要はないから、俺、ジェス、セレスの順番だ。先頭を歩きながら、ジェスに確認する。

「……なあジェス、さっきのブレスレットを外すあれ、もちろんセレスが癒してくれることを見越してやったんだよな？」

「え？　……あ、も、もちろんですよ！」

なんだかもちろんじゃなさそうな言い方だな……。

「今回はちゃんと治ったからよかったが、自分を犠牲にするのもほどほどにな」

しばらく間があってから、ジェスは反抗的に言い返してくる。

「豚さんには言われたくありません」

それは確かに、もっともかもしれなかった。

地上階に戻る。いい計画は全く思い浮かばなかった。まさかこれほどの軍勢に囲まれるとは思ってもみなかった。少女二人と豚一匹に、ここまでするだろうか。

……いや、シュラヴィスだったらするに違いない。あいつはジェスの魔力を知っている。侮ってくるようなことはしないだろう。きっと全力で潰しにくる。

実際、水上は船に囲まれている。空には龍がいる。逃げ場はない。ほぼチェックメイトだ。

あいにく、急いで出てきたため、ジェスはイーヴィスの無敵マントを羽織っていない。魔法の道具などもちろん手元にはない。俺も無防備だ。セレスは疲れてボロボロ。戦って包囲を突破しようにも、これではあまりにも心許ない。

ただ幸い、城内はまだ穏やかな様子だった。向こうも慎重なのだろう。湖にぽっかりと浮かぶ島だ。包囲していれば俺たちが逃げ出す心配はないと考えているに違いない。

俺たちは静かに城内を移動して、様子を探ることにした。

宝物の間への戻り方すら俺には怪しかったが、廊下に並んでいる芸術品や骨董品の数々をジエスがなんとなく憶えていて、その記憶を頼りに道を選んだ。

「待ってくれ、そんな乱暴な！」

グランの抗議が聞こえてきて、慌てて立ち止まる。歩き回っているうちに、城の入口の方へと戻っていたらしい。廊下の奥、曲がり角の向こうから、複数人の足音が響いてくる。見通しのいい廊下だった。

「まずい、隠れるぞ」

俺が囁くと、ジェスはわたわたと周囲を見回す。

「でも、どこに？」

まっすぐな廊下で、扉もない。身を隠すとしたら――

「この書斎机の下だ！」

廊下に並んでいたアンティークの一つ、古く立派な木製の机。引き出しがついた脚の間に、ちょうど人間二人が潜り込めるくらいの空間があった。選択肢はなく、俺たち三人はそこへ、急いで潜り込んだ。ジェスが魔法でそれっぽいおしゃれな布を創り、机の上から前面に垂らす。

それがカーテンのように俺たちの姿を覆い隠した。

下から見た机の裏側は、磨かれていない木材が剝き出しになっていて、その部分が泥水に浸っていたかのように汚れていた。あまり居心地のいい空間ではなかったが、仕方ないだろう。

……待てよ。

そこで俺は、全く予想もしていなかった、とんでもないことに気付く。

これは――このシチュエーションは、男女で掃除用具入れに隠れるあのラブコメ的展開そのものではないか。しかも今回は、右にジェス、左にセレスのハムサンド状態。机の下の空間は見込みよりずっと狭く、ぎゅうぎゅうだった。

いや、これはもう、ハムサンドどころか、プレスサンドというか……右からも左からも美少女に色々なところを押し付けられている、究極の状況に違いなかった。

いいにおいがするなあ！

「…………」

右の方から無言の圧力を感じて、俺はいったん思考をやめた。

真面目に耳を澄ますと、グランの車椅子がタイルの上を動く音と、何人かの武装した人間の足音とがすぐ近くまで来ているのが分かった。

「逃亡者を匿っていることは知っている。居場所を教えろと言っているんだ」

男のぶっきらぼうな声が、脅すように言った。

「匿っている？　何を根拠に」

グランの反論の声だ。

「桟橋に小舟があった。お前の所有物とは思えない、粗末な小舟だ」

「知らないね。勝手に島へ来たんだろう。悪いが、私は全く関与していない」

「聞き分けの悪い老人だ。素直に吐けば、あのイェスマは返してやると言っているんだぞ」

すぐ耳元で、ジェスが息を呑むのが分かった。

グランの怒れる声がする。

「どうせ、返すつもりなど毛頭ないのだろう。聞いているぞ。あちこちで、少女たちを連行しているそうじゃないか。あんなに嫌だと、行きたくないと叫んでいる子を力ずくで連行するような輩の言うことを、おいそれと信用することはできん！」

返事はなかった。

背脂が寒くなる。エザリスが、王朝軍に連行された……？

狙われているはずのセレスではなくて、あの全く関係のない少女が？

別の男の声が言う。

「もういい。これ以上この老いぼれを問い詰めても無駄だ。すぐに捜索を始めよう」

「老人はどうする？」

「うるさいから放っておこう。どうせこの脚じゃ、ここそこ動き回ることもできんだろう」

「……分かった。すぐ応援を呼んでくる」

兵士たちが散会し、左右に去っていく足音が聞こえた。グランの車椅子は、俺たちが隠れている机の前で動かなかった。

「……どうやって、お嬢さんたちを逃がしたものか」

俺たちに気付いているのだ。広い城ではあるが、あれほど歴史や宝を愛する城主なら、この書斎机に本来布など掛かっていないことは知っているだろう。

俺の脳内には一つだけ、逃げ道の可能性が浮かんでいた。心の声で伝えると、ジェスはなるほどと頷いた。そしてすかさず、グランに向かって囁く。

「グランさん、あの隠し通路に戻れませんか」


兵士が戻ってくる前にと、俺たちは急いで宝物の間に移動した。

タペストリーの裏から、隠し通路へ入る。ここならしばらく見つかることはないだろう。

「エザリスさんは、今どちらに？」

ジェスが訊くと、グランは暗い顔で首を振る。

「遂に連れて行かれてしまった……いずれこうなることは、分かっていたんだが」

「連れて行かれた、とは……？」

心配する様子のジェスに、グランは急かすように言う。

「すでに奴らの船の上だ。お嬢さんたちには、もうどうすることもできない。計画があるんだろう？　まず自分たちが逃げることを考えなさい」

ジェスは俺を見て、それからセレスを見て――頷いた。

セレスが捕まれば、命が危ない。今はセレスを危険に晒すことだけはできない。

「グランさん、この通路は、水中へと続いているんですよね」

老人はジェスの発言が理解できないのか、顔をしかめた。

「道を教えていただけませんか。私たち、水中から逃げます」

そう、水上も空中も封鎖されているなかで、逃げ道は一つ。

――水中だ。

グランは村の宝を集めていたと言っていたが、そもそも村は暗黒時代から湖の下。さてどうやって集めるかといえば、水中に潜るしかない。実際あの書斎机の裏側には、水没していたかのような汚れがついていた。あれは村が水没してから、引き上げられたものなのだ。

――この通路は地下に向かって伸びていて、かつては山の中腹から外に出ていたんだが……出口は今、知っての通り水の中でね。脚が悪くなって、今は秘密のギャラリーとして使っているこの隠し通路のもう一端は、水中に続いている。脚が悪くなってギャラリーに使っているということは、脚が悪くなる前はそうではなかったということ。

グランは脚が悪くなる前、この水中の出口から外に出て、潜水して宝を集めていたのだ。つまり水没してはいるものの、この通路の先から湖の中へと出ることができる。

ジェスの発言をようやく理解したのか、グランは頷く。

「……計画は分かった。しかし、潜水服は一つしかないよ。リスタも古いし、ちゃんと空気が入るかどうか」

「大丈夫です。連れて行ってください」

ジェスは強引に言い切った。

しばらく沈黙があった。グランはジェスをじっと見る。

「なるほど……その自信、お嬢さんはもう、魔法が使えるんだね」

ジェスは返答に詰まった。

「隠さなくてもよい。私はそんなことで、少女を迫害したりするような愚か者ではない」

グランは少し移動し、小さな棚から何やら古びた紙を取り出してジェスに渡した。

「死の街に行きたいと言っていたね。これが地図だ。山道だが、今の季節なら問題なく通れるはずだ。人はいないが、逃げるにはもってこいの場所だろう。お嬢さん方だけでも、どうか逃げ延びてくれることを願っている」

グランは車椅子を操作して、通路をぐんぐんと下っていった。駆け足でついていく。

通路は途中から階段になっていた。グランは階段の手前で止まり、車椅子を軽く叩く。

「私はここから先にはいけない。だが一本道だ。迷うことはないだろう。跳ね上げ扉にさえ気付けば出口に辿り着くはずだ。健闘を祈る」

そこまで一息に言ってから、気遣うようにジェスを見た。

「魔法はときに暴走する。使うときは、くれぐれも慎重にね」

「はい」

ジェスは言ってから、グランを見つめ返した。

「あの、エザリスさんのこと……私たち……」

「気にするでない。奴らはあれでも官軍だ。私欲ではなく、命令で動いている。むやみに命までは取らんだろう。さあ、行きなさい」

そう言って、なかば強引に背中を押す形で、グランはジェスに先を促した。セレスと俺も、ジェスについていく。

「グランさん、ありがとうございました！」

ジェスが階段を駆け下りながら言っても、返事はなかった。

曲がりくねった通路を下る。やがて小部屋に突き当たった。革で作られた宇宙服のような見た目の潜水服が、部屋の片隅で埃を被っていた。他にも、袋状に縫い合わされた布がいくつか折り畳んで置かれている。まるで萎んだ風船のようだ。ここから潜水服で潜り、あの風船を縛りつけて、リスタか何かで膨らませることで、湖の上まで宝物を浮上させていたのだろうか。もしそうやって大量の宝を蒐集したのだとすれば、相当な労力が必要だったに違いない。恐ろしいほどの執念だ。

「ここだな」

グランの言う通り、部屋の中央には跳ね上げ扉があった。

そこをさらに下へ行くと、完全に岩を掘っただけの通路になった。明かりもないので、ジェスが魔法の光で周囲を照らす。

「さて、どうやって水中を行く？」

「移動中、私たちの身体を安定させるためには、まず立つ場所が必要です。だから氷の板を作って、その上に乗ります。それから空気の層を作って、私たちの周りを覆います。浮力分は魔法で相殺しながら、空気の層を壊さないように氷の板を動かして、移動します」

ジェスはてきぱきと答えた。きっとさっきから方法を考えていたのだろう。

さらに通路を進むと、道が突然開けた。少し広くなった空間に、澄んだ水が池のように溜まっている。ジェスは迷わず水面に一歩を踏み出した。その足元から、波紋が広がるように水が凍っていく。ジェスを中心として、きれいな円形の板ができた。

「乗ってください！」

ジェスに呼ばれて、まずセレスが台に乗る。続いて俺。魔法で安定させているのか、バランスに気を付ければあまり揺れなかった。ジェスがさりげなく、セレスの手を取る。

「潜航します」

氷の板が、アルキメデスの原理に逆らって水中へと沈んでいく。足元へ流れ込んでくるはずの水も、流体力学に反するように、壁となって俺たちを包み込んだ。

頑丈な氷の板の上に乗り、空気の層に守られながら水中を進む。

それはさながら、全面ガラスでできた潜水艇だった。

しばらく水中洞窟のような暗闇を移動すると、前方に光が見えてくる。その光に近づいていくと――ぱっと視界が明るくなった。

もちろん相対的な明るさではあったが、ずっと地中を進んでいた俺たちにとって、その光は夜明けのようにも思えた。遥（はる）か上の水面から、月光か、星明かりか、冷たい白色の光が差し込んでくる。

湖の水は透き通っていた。王朝軍の舟の底が、遠く頭上で魚影のように見える。

それから下方に目を移して――俺は信じがたい光景を目にした。超越臨界（スベルクリツカ）の影響だろうか。水に沈んだ村には、ぽつぽつと明かりが灯（とも）っていた。絵画で見た街並みが眼下に広がる。

家々は、泥で軒並み茶色く変色している。一部は崩壊している。それでも、長年水中で守られていたおかげだろう、水中人の都だと言われても信じてしまいそうな美しい景色だった。

「すごい……」

ジェスが呟（つぶや）いた。これだけの街並みが水中にある景色には、なかなかお目にかかれない。

セレスもずっと、湖底の村に目を奪われている様子だった。

水上の王朝軍がこちらに気付く様子はない。

俺たちは十分遠くまで離れてから浮上し、夜の闇に紛れて岸に上がった。

そして、においで追跡されないよう小さな沢を歩いて、湖を後にした。

死の街ヘルデに至る道のりは寂しいものだった。

暗黒時代の戦乱で人口が全盛期の一〇〇分の一となり、今でも全盛期と比べれば一〇分の一ほどしかないメステリア。それだけ、捨てられたままになった土地も多いはずだ。

メステリアの南西部――西の荒野は、まさにそんな場所だった。

かつて運河だっただろう川を下り、かつて道だっただろう谷を歩き、かつて街だっただろう平地を抜け、俺たちは地図の示す場所を目指した。

ときどきセレスを背中に乗せたりしながら、夜を徹して移動する。

さすがに疲れが溜（た）まっていて、全員言葉少なではあった。しかし追っ手のことを考えると、ゆっくりしていることはできなかった。

王朝軍に見つかってしまえば、セレスの命の保証はない。

そしてルシエ城から離れれば離れるほど、見つかるリスクは小さくなる。

俺たちはひたすら、逃げるように進んだ。

朝が来て、昼を過ぎたころ、棄てられた小さな馬車を見つけた。怪しい商売でもしていたのか、たくさんの酒瓶を積んだまま人と馬がいなくなっている。放置されていたとしてもせいぜい数年の様子で、一部朽ちていたが、補修すれば乗ることができた。

石畳の街道には草がぼうぼうだったが、一部の木を避ければ馬車で通ることも不可能ではない。ジェスの魔法を使って馬車を動かすと、移動はだいぶ快適になった。俺もセレスも、馬車に揺られてうつらうつらと目を閉じる。たまに気が付いて起きると、景色が全く変わっていることもあった。

集中して魔法を使い続けているジェスにだけ、疲れが溜まっていく。

「ジェス、そろそろ休んだ方がいいんじゃないか」と俺が声を掛けるたび、ジェスは「まだまだ大丈夫です！　お姉さんですから！」と胸の前で小さな拳を握った。

俺の提案したお姉さんという役割が、呪いのごとく作用しているようにも思えた。無理をさせてしまっているのは分かっていた。かといって、この状況でジェスが休みたいなどと口にするはずがないのも明白だった。俺がどんな口実を使っても、ジェスはセレスのために休まず馬車を走らせ続ける。

一度だけ馬車を止めてくれたのは、セレスが脚をモジモジさせて、「お花を摘みたいです」と言い始めたときだった。お花というのは馬車の中で摘めるものではない。俺が「護衛のために同行してくる」と軽口を叩くと、ジェスは寝ぼけたようにいったん「お願いします」と言ったのち、すぐに気付いて「そんなこと許すわけないじゃありませんか！」と訂正した。

結局セレスとジェスは一緒に森へ入っていった。

「いい機会だから、ちょっと休まないか」

戻ってきた二人にそう提案しても、ジェスは首を振るばかり。

「私は大丈夫です。移動中、セレスさんと豚さんは、寝ていていいんですよ」

「そうじゃなくてな……ほら、ジェスにゆっくり膝枕されたいんだ」

「ダメです。お兄さんなんだから我慢してください」

「じゃあ馬車の中で、セレスたそに膝枕してもらおうかな」

「え、しないです……」

そばで聞いていたセレスにドン引きされてしまったのはショックだった。

結局俺の株だけ下がって、馬車はすぐに出発した。

俺が「生脚美少女に馬乗りになってもらうのが夢だった」と言えば背中に乗ってくれたジェスは、この半年と少しでずいぶん変わった。首輪が外れたから、というだけではないだろう。

色々な旅があり、色々な謎があり、そして色々な死があった。

俺が変わったかどうかは分からないが、ジェスは確実に変わっていた。強くなっていた。今や守られるべきお姫様ではなく、セレスを守る姫騎士だ。

馬車は夜まで走り続けた。

大きな街道のようだった道も少しずつ狭くなっていき、夜には馬車が通れなくなった。そこでいったん馬車を止めて、これからどうしようかと話しているうちに、ジェスは電池が切れたように眠りに落ちてしまった。

俺たちは馬車の中で眠ることにした。

夜中、馬車のわずかな揺れで目を覚ますと、ジェスがセレスの近くで何かしていた。手には柔らかそうな布を持っていて、そこからうっすら湯気が立っている。どうやら、セレスが熟睡している間に、身体の汚れを拭いてあげているらしかった。集中しているようで、俺が起きているのには気付いていない。──そうでなければ、セレスの服をあんなにはだけさせることはないはずだ。暗闇の中で、セレスの胸のひび割れのような傷跡がじんわり白く光っている。

ジェスが身体を拭いている間も、セレスは気持ちよさそうな顔で眠っていた。

温かく蒸した布で汚れを拭い終えると、今度は乾いた布で水気をとった。まだ夜は寒い。水が蒸発して身体を冷やさないように、という配慮だろう。

セレスにはそこまでするのに、ジェス自身の肌は、汚れたままでも気にしないようだ。

森の中を駆け抜けたときの泥が、小舟を補強したときの油が、馬車を補修したときの木屑が、ジェスの服を、手足を、まだらに汚していた。

「ジェスの身体は、俺が拭いてあげなきゃいけないのか」

言うと、びくりとしてジェスが振り返ってくる。

「豚さん、起きてたんですか」

「まあな」

「……見ましたね」

ジェスがセレスの身体を確認する。もう拭き終えて、服も元通りだった。

「いや、セレスのお胸を拭いてるところは見てない」

「どうしてお胸を拭いていたことを知っているんですか」

「…………ジェスの身体が汚れたままだと、セレスがまた気に負ってしまうぞ」

露骨に話を逸らした俺をじっと見てから、ジェスは頷く。

「確かに、豚さんの言うことはもっともです。身体を拭くので、目を閉じていてください」

「難しい注文だな」

「実際に脱いだら目を逸らすのに……」

ぶつくさ言いながら、ジェスは服のボタンを外し始めた。咄嗟に目を閉じて――それ以降の記憶はない。俺にもかなり疲れが溜まっていたようだ。瞑目したわずかな間に、眠りに落ちてしまっていたらしい。

俺の身体（からだ）まできれいに拭かれているのに気付いたのは、翌朝になってからだった。

朝日で目を覚まして、そこからは馬車が使えないので歩き。昼間なのに、夕焼けのような色の空だ。荒野をまっすぐ進むと川に突き当たる。地図によると、この川が、目的地である死の街ヘルデに続いているらしい。

川沿いの大木を切り倒し、ジェスの魔法で簡素な丸木舟を作って、それで川を下る。

ヘルデに辿（たど）り着くころには、すでに疲労で身体（からだ）中がずっしりと重かった。空腹のはずだがものを食べる気力もない。そもそも食べる物がない。食べる物を手に入れる気力もなかった。

全員がそうだった。

だから、死の街の目前で大きな触手に襲われたとき、すっかり対応が遅れてしまった。

柱ほどもある太さの脚にたくさんの吸盤が付いているのが見えたとき、大きなタコだ、これを食べれば腹が満たされるのではないか、などと俺はまず考えていた。

澄んだ川の水の中から八本の脚が突き出され、俺たちを乗せた丸木舟を瞬時に粉砕する。水飛沫（しぶき）が散って、視界を覆う。俺は木片にしがみついて身体（からだ）を浮かせることしかできない。

冷たい水を全身に浴びて、ようやく危機感を抱いた。

「ジェス！　セレス！　大丈夫か？」

返事はなかった。代わりに、何かが俺の腹にぎゅっとしがみついてくる。セレスだ。

豚にもすがる思いという慣用句は、やはり成立するようであった。

「ジェスは？　まさか――」

水中に引っ込んでいた巨大なタコ脚が、再び水面に現れる。こんなに大きなタコがいてたまるかと思う。そもそもここは淡水だ。超越臨界（スペルクリツカ）によって、こうした異常な化け物がメステリア各地で出没するようになっているのだ。注意をしてしかるべきだった。

川に流されながら、絶望的な光景を目にする。

脚の一つに、ジェスが絡（から）めとられていた。とんでもない体勢で、まるで触手プレイの一コマのような状態だった。思わず叫ぶ。

「ジェス！」

返事はない。頭の打ちどころが悪かったのか、ジェスは触手の中でぐったりしている。

「セレス、何かできないか」

「わ、私どうしたら――」

セレスの声が耳元で聞こえて、そして急に遠ざかっていった。

振り返れば、セレスも巨大な脚に絡（から）めとられている。状況が状況でなかったら、この光景は大いに楽しめたかもしれなかった。

セレスが両手をぎゅっと握るのが見えた。その瞬間、風向きが変わって、空気が切り裂かれているかのような高い音が鳴り響いた。

助けを呼んでいるのか？　でもこんなところに誰が――

次の瞬間、文字通り天地がひっくり返るような感覚がした。全身にぬめりを感じる。水面がはるか下に見えた。俺も吸盤付きの足に巻きつかれているようだ。

どうしようもなくなって、タコと豚では食べ合わせが悪いな、その組み合わせはお好み焼きくらいでしか食べたことがないぞ、などと考える。

危機は突然やってくる――よりにもよって、一番対処できないところで。

泥でできたサンショウウオの化け物に襲われていたときは、あわやというところで、ノットが流星のごとく助けにきてくれた。しかし今回は、文明の外で襲われている。ノットが俺たちの居場所を知っているはずもない。

助けてくれたのは、全く予期していなかった人物だった。

「――疾(はや)きこと、風のごとく」

低い声が聞こえたかと思えば、何かが疾風のように水ごと化け物を切り裂く。

宙を舞うその人影は肌が黒い鱗(うろこ)で覆われ――そして、左脚がなかった。

それでも、一緒にいたいと思った

the story of a man turned into a pig.

北東部の要衝レスダンは、街を取り囲む星形の城壁が現在まで残る珍しい城郭都市だ。

暗黒時代の遺物である城郭都市は、ヴァティス様によってそのほとんどが破壊されている。

だがレスダンは特殊な事情により、破壊を免（まぬが）れた。

非魔法使い——厳密に言えば龍族（ラチエルテ）の男が謀反（むほん）を起こし、城主である魔法使いを殺して街をヴァティス様に明け渡したのである。

ヴァティス様の狙いは、民の殲滅（せんめつ）ではなく、あくまで魔法使いの殲滅（せんめつ）。ほぼすべての勢力が、当然魔法使いを頂点としていたために壊滅させられた。しかし、自勢力の魔法使いを暗殺することによって、レスダンの民は皆殺しの憂（う）き目を免（まぬが）れたのであった。

そうした風土もあってか、領主様は私のことを微塵（みじん）も信用してくださらなかった。

しかし当然のことであろう——そもそも私は、城主を殺した龍族（ラチエルテ）の末裔（まつえい）だったのだから。

龍族（ラチエルテ）はその力を恐れられながらも、決して尊敬されない種族である。超人的な戦闘力から軍では重用されるが、例えば犯人不明の殺人があれば真っ先に疑われる。人間離れした身体能力を根拠とすれば、いかなる無理筋な理屈も、通っているように見えてしまうらしい。イェスマに心を読まれないのも、原因の一つだっただろう。

そもそも龍族(ラチエルテ)は、魔法使いを殺すために生じた種族だと言われてきた。殺しの種族。暴力の種族。私の中に流れていたのはその呪われた血だった。

幼少期から私は、盗みがあれば疑われ、暴力沙汰があれば調べられ、殺しがあれば捕らえられた。理不尽な暴行も幾度となく受けてきたが、少しでも反撃すれば口実を与えてしまうと分かっていたため、黙って耐えた。痛みはあったが、龍族(ラチエルテ)は骨が強いため、たいていの傷はやがて癒えるのであった。

レスダンの領主様は、そんな私を若いうちから見込んでくださった。しかしあくまで打算的に——微塵(みじん)も信用なさらず、手先として、軍人として使ってくださったのである。

領主様は極めて計算高く、そして合理的な方だった。私は誠実に仕えている限り、相応の信頼は勝ち取れずとも、相応の待遇を勝ち取ることができた。一四のときには、領主様の邸宅のすぐ近くに建つ家をいただいた。小さな家で、大人たちからは「犬小屋」と揶揄(やゆ)されたが、私は領主様の犬として働くことを決して悪く思っていなかった。

マリエスは、その領主様に仕えていた。

イエスマに対してこの言葉を使うのもおかしな話であろうが、まさに「高嶺(たかね)の花」という印象の女性であった。歳(とし)は私より一つほど上のはずだったが、もういくつか違うのではないかと思うほど大人びた人。物静かで超然としていて、そして美しい。きっとイエスマにも格があって、領主などの特に身分の高い家に対しては、王朝は格上のイェスマを選んで売っているのではないか——最初に彼女を見たときは、そんなふうにさえ思った。

マリエスは他のイェスマとは違った。そして他の女性とも違った。

ひどい失敗をしたことがある。あれは私が「犬小屋」に移り住んですぐのことだった。殺しの際、きちんと処理しておかなければならない書類を現場に残してしまい、領主様に疑いが向けられる危機となってしまったのである。完全に私の手落ちだった。

領主様の策によって書類は葬られたものの、私は領主様直々に大変なお叱りを受けた。蹴られ殴られるだけでなく、蹲る私に、金属の棒が幾度となく振り下ろされた。形相を変えてお叱りになる領主様に、私は謝り続けることしかできなかった。反撃は容易だったが、もしそんなことをすれば、自分は直ちに処刑される。そうした力関係を見越して、領主様は私を痛めつけていたのである。

私は赤い絨毯の上に臥して、歯を食いしばって涙をこらえた。

やがて意識がなくなった。

「普段は便利に使っておいて——」

床の上に放置されていた私に、マリエスはそう声を掛けてきた。

「いざ失敗したらこのような扱いをするなど、まったく、ひどいものですね」

にこりともせず、マリエスは私を助け起こし、止血を施してくれた。私はすぐ近くにあったマリエスの部屋へ招かれ、そこで細かい傷の手当てもしてもらった。

マリエスは自分で茶葉を調合し、お茶を淹れてくれた。あの味は今でも忘れられない。痛みが和らぐような、心をほぐすようなスペアミントの優しい香り。

誰かにあれほど優しくされたのは、きっと、生まれて初めてだった。

特に言葉を交わしたわけではないのに、手当てをしてもらい、お茶をもらっただけなのに、涙が流れて仕方がなかった。マリエスはそんな私を、黙ってじっと見ていた。

心を読まれないのが幸いだった。

私はそのとき、マリエスのことをどうしようもなく好きになってしまったから。

それは決して届かぬ思い。

どんなにひどいことをされても、私は領主様のもとで働き続けた。

他に選択肢がなかったというのもあるが、何より、領主様のもとで働けば、マリエスの近くにいることができた。あの一件以来、お茶をもらうどころか、言葉を交わす機会すらなかったが、それでも私は、高嶺の花に憧れ続けた。

私は普通の人間よりも、よっぽど目がいいのだ。

どれほど高い嶺に咲いた花でも、その美しさに心を癒すことができるくらいに。

ある日のことだった。

私は、領主様がマリエスを殴っているところを見てしまった。領主様の怒鳴り声から察するに、それはあまりに些細な理由から――お嬢様の飼っている小鳥にマリエスが餌を与え忘れていたとか、それくらいのことらしかった。

　しかし、マリエスは普段、そんな失態を犯すようなイェスマではなかった。与えられた仕事は何でもそつなくこなす、完璧な小間使いだった。それが綻んだばかりに、領主様はマリエスを殴ったようであった。

　私が殴られたときも同じだ。あの方は、完璧以外を許さない人なのである。

　領主様が去った後も、マリエスは絨毯の上でしばらく放心したように座り込んでいた。私の足は、自然とそちらへ向かっていた。

「まったくひどいものだ。普段は便利に使っておきながら、いざ失敗したときにこれほどの仕打ちをするなんて」

　私に気付いて、マリエスはすぐ立ち上がろうとした。しかし、顔を殴られて、脳に衝撃があったのだろう、よろめいて倒れそうになる。私は持ち前の反射神経で、マリエスを支えた。

　マリエスの頬は拳で殴られ、内出血が痛々しかった。

「大丈夫か」

　するとマリエスは身体を捩り、私から離れて自分の足で立つ。

「……イェスマの心配をするなんて、おかしな人ですね」

「あなただって、私の心配をしてくれたではないか」

マリエスは答えなかった。

「何か、私にできることはないか」

訊くと、マリエスは静かに首を振る。

「お気持ちだけで、十分です」

私はそれを拒絶と捉えた。たまたま持っていた軟膏を彼女に渡して、その場を去った。

それからしばらくしてようやく、私はマリエスの様子がおかしいことに気付いた。

何かを恐れている。細かな指の動きから、心臓の鼓動する音から、マリエスの怯えが伝わってきた。それでも仕事は完璧にこなしていたが、きっとあのとき小鳥に餌を与え忘れてしまった原因は、その何かにあるのではないかと推測した。

風の噂にマリエスが一六の誕生日を迎えると知り、私は恐怖の理由を知った。

向都の旅――ほとんどのイェスマが命を落とす、死出の旅路。

私はまだ、マリエスに恩返しをしていなかった。そして考えた。今の地位をすべて擲ってでも、この人のことを守りたいと。

「向都の旅、私も同行したい」

廊下でマリエスを呼び止めて、私は一息に言った。思い切った告白だった。

同行するというのは、シャビロンになるということ。死に別れるか、ともに王都へ入るかということである。王都に入ったら、外で築いてきたすべてのものを失う。

「あなたがそのようなことを言うとは、意外でした」

全く意外そうでもない様子で、マリエスは淡々と答えた。

私は部屋に入れてもらった。彼女は言葉少なに、お茶を淹れてくれた。

あの日——最初に言葉を交わした日に飲んだのと、全く同じ味だった。

「来ない方が、身のためですよ」

しばらくしてから切り出されたその一言に、嘆息した。

私はそれも、拒絶と捉えた。分かっていた。これは決して届かぬ思い。犬扱いされる私と生死を共にするくらいなら、マリエスはきっと独りで行くことを選ぶだろう。

彼女は孤高の、高嶺の存在なのだから。

「……明日の朝、日の出とともに発ちます」

マリエスはそのとき初めて、私に笑みを見せてくれた。

「もしあなたに添い遂げる気があるのなら、一緒に来てください」

第三章

何事も火加減が肝要

the story of
a man turned into
a pig.

「腹が減っているのであろう。街の中に入れば比較的安全だ。ついてきなさい」

シトは――イツネ・ヨシュ姉弟の父で、かつて五長老の一人だった反逆者は――そう言って俺たちをヘルデの中心部に案内しようとした。

黒と灰色の旅装束を纏い、ざくざくと短く切られた黒髪はそのままに、顔の下半分が伸びっぱなしの髭で覆われた浮浪者風の出で立ち。目元だけは真面目そうな雰囲気を残している。お手製らしい、樹皮の残った粗削りの松葉杖をついているが、身体能力があまりに高いためか、移動には全く不自由していないように見えた。

かつて船着き場に使われていたであろう場所で、俺たちは当然二の足を踏んだ。こいつはサノンに唆され、シュラヴィスを殺そうとした男。ジェスもセレスも俺も、シトがシュラヴィスの頭を薪のように割った現場を目撃している。

そして何より――

よりにもよって、俺たちの目的地にこの男がいるという状況が怪しかった。

「何をためらう。食料を出すと言っている。腹が減っては首級が取れぬと言うであろう」

別に首を挙げにきたわけではないんだが……。

身体を振って水を飛ばしながら、言う。

「俺たちを殺すかもしれない人間に、ほいほいついていくとでも？」

シトは俺をじっと見て、首を傾げる。

「豚が口をきくのは、やはりいつ見ても奇妙なものであるな」

「そういうものなので、慣れてください」

警戒心を解かない俺に、肩をすくめるシト。

「地下墓所でのことを見たであろう。私はその気になれば、いつだって、誰だって思いのままに殺すことができる。万が一私が君たちを殺すつもりなら、君たちが逃げようが、ついてこようが、結末は変わらない。それに殺すつもりなら、わざわざこの脚で化け物から君たちを助けにいったりしない。簡単な、理屈の話だ」

確かに言う通りだった。助けてもらった恩義があることも事実。しかし、どうもにおう。

ジェスとセレスを見る。ずぶ濡れのまま、身を寄せ合って、シトを警戒している。俺にはこの美しい景色を守る義務があった。

「選択肢がないのは分かりました。では、あなたがここにいる理由を説明してください」

「理由？」

シトは黒く濃い眉を寄せた。

「主君殺し以外に、説明すべきことがあるだろうか。私は逃亡の身。知っているはずだ」

「よりにもよってこのタイミングで、ここの街にいる理由が知りたいんですよ。まるで俺たちを待ち構えていたみたいだ」

「よりにもよってと言うが、ここへ来たのは君たちの方ではないか。私は数日前、隠れ場所にここを選んだ。君たちは今日、きっと事情があってここへやってきた。偶然を疑うのであれば、まず君たちがここへ来た理由を説明するのが筋ではないか」

なるほど、確かにその通りだった。

しかし、ここへ来たのが数日前、というのがそもそも嘘かもしれない。とすると——

「食べ物は、街の中にあるんですね？」

「食料もなしに、こんな廃墟の街へ逃げることがあるか。人生は戦だ。備えよ常に」

この人は戦闘民族か何かなのだろうか。

「では、そこまで連れて行ってください」

俺が言うと、シトは松葉杖を身体の一部のように操って、先を歩き始めた。ついていく。

——豚さん、大丈夫なんでしょうか

濡れ透けのジェスが、心の声で俺に訊いてきた。

〈ひとまずは選択肢がない。シトが本当に数日前からここにいるのであれば、それなりに荷物を広げていたり、食事の跡があったりするだろう。そうだったら信頼してみよう。俺たちを追

って来たばかりの様子だったら、奴の嘘を疑って、なんとかして逃げ出そう〉

──分かりました。とりあえず、セレスさんの服を乾かしますね

わざわざ断ってから、ジェスは魔法でセレスの服を乾かし始めた。自分よりもセレスの服を優先する優しさとも、セレスの濡れ透けを俺に見せない意思表示とも取れた。

松葉杖のシトを先頭に、列をなして歩く。ずっと夕方のような空だったが、太陽の位置を見ると、そろそろ本当に夕方になろうかという時間のようだ。

死の街ヘルデは、完全な廃墟でありながら、不思議な雰囲気の漂う美しい街だった。

まず何より目立つのは、絵画にもあった二つの尖塔だ。どちらも堅牢なつくりだが、それぞれ違った意匠が凝らされている。一方は直線的な輪郭の白い塔。もう一方は複雑な彫刻によってものものしく飾られた黒い塔。風が少し強く吹くと、塔の辺りで気流が乱れるのか、ぼう、と低いオルガンのような音が響いてくる。

塔を見ると、セレスはまた胸を痛そうに押さえた。ジェスがすかさず駆け寄る。

「セレスさん……やっぱり痛みますか？」

「はい……でも、大丈夫です。歩けます」

「あの塔に、見覚えがある気がするんだな」

「です。近くを通ったような……こんなところ、一度も来たことないはずですけど」

やはり、この場所には何かがある。そう感じた。

体力も限界に近いが、少し休んだらここを探索しなければならないだろう。

規則正しく並んだ石造りの家々は、塗装はかなり剝げているものの、かつては色とりどりだった痕跡が見て取れる。崩れた壁にフレスコ画の一部が残っているものもあった。

街並みの向こうにはなだらかな山があって、その中腹には大きな城の残骸がある。レンガ造りの城は、もし崩れていなければ、今まで見てきたどんな城よりも大きいのではないかと思えるほどだった。

俺たちはシトに連れられ、街の中心部までやってきた。白と黒の巨大な尖塔に挟まれた広場。石畳にはチェス盤のように白と黒の石が交互に敷き詰められていて、目がチカチカする。「死の街」の呼び名の通り、どこか不吉な感じのする異様な空間だった。

シトの疑いはそこで晴れることになった。

広場の一角に、石柱が崩れたのか、ちょうど台になりそうな岩がごろごろ転がっている場所があった。シトはそれを椅子やテーブルにして過ごしていたらしい。荷物が広げられ、レンガを積んで作った焚火台まで用意されている。少し離れたところに、きれいに皮を剝がれて解体されたカモシカの骸が捨ててあった。頭骨を数えると、全部で少なくとも三頭分はあるようだった。その肉の一部は、残雪を集めて作った雪室で保管されていた。

シトは慣れた手つきで火を熾し、湯を沸かす。そして近くの建物に入ると、中からお揃いのティーカップを二つ持ってきた。

俺たちを追ってきたのであれば、こんな用意などできるはずもない。

シトは確かに、俺たちがここへ来るずっと前から、この街にいたらしかった。

「まずお茶を飲むといい。元気が出る」

沸かした湯を火から上げて、缶から出した茶葉を入れ、しばらく蒸らす。それを二つのティーカップに注ぎ分けると、ジェスとセレスの前にそれぞれ置いた。

「冷めないうちに飲みなさい。身体が温まるから」

二人は弱々しい声で礼を言い、控えめにお茶を啜る。

「あれ、このお茶なんだか……」

ジェスが呟いた。

「どうした？」

心配になって訊くと、後ろからシトが口を挟んでくる。

「それは私がしばしば嗜んできた、独自の臨戦のブレンドだ。恐怖心を取り除き戦意を鼓舞する。命を賭けた戦の前にはよく飲んだものであった」

毒でも入っているのではないかと心配になる。そもそもなぜカップが二つある？

なんだか準備がよすぎるではないか。

「そんな変なもの飲ませないでほしいんですが……ジェス、もしおかしな味がするようなら、遠慮せずにここで吐き出すんだ」

「いえ、大丈夫です。美味しいですよ。ミントの香りがして、むしろリラックスします」

セレスも美味しそうに飲んでいた。漂ってくる香りを嗅ぐと、確かに普通のハーブティーのようだった。怪しい臭気はない。

「さあ、肉を焼こう。銀食器を打ち直して作った板がある。これでヤキニクというのをしようではないか」

シトはお茶を飲む少女たちの横で、せっせと食事の準備を進めていた。

突然日本語を聞き、驚いた。

「焼肉を知ってるんです……？」

「ああ。サノン君から聞いたことがある。君のいた国では、薄切りにした肉をみなで囲んで焼くと幸せになれるのであろう？」

「まあ、あながち間違いでもないですが……」

キャンプに連れてきてくれた親戚のおじさんのような呑気な態度に、面食らう。こちらは王朝軍に狙われている逃亡者、そして相手は王を殺し損ねて逃げてきた逃亡者だ。

清々しいほどの余裕を見せられるのは、圧倒的な戦闘力の優位ゆえだろうか？

シトはナイフを握り、肉塊をトリミングしてから、木の板の上でそぎ切りにし始める。

「何を見ている。心配するな。これはああいう化け物の肉ではない。一昨日の朝、山を散歩中に狩ってきたカモシカの肉だ。肩の一番美味いところを雪室にとってあった」

散歩がてら狩られてしまったかわいそうなカモシカ。

「松葉杖(まつばづえ)で、よく狩れましたね。罠(わな)でも使ったんですか?」

「いいや、素手だ」

他に誰かいるのではないか、という疑念が滲(にじ)んだ質問だったが、想定外の答えに疑念ごと吹き飛ばされてしまった。

「素手で狩りを……?」

「実演してみてもよいが」

シトはナイフを持っていない左手を上げると、すっと俺に向けてきた。塗り替わるようにして肌に黒い鱗(うろこ)が現れ、指先には鋭い爪が伸びる。

龍族(ラチエルテ)。イツネは腕や脚に、ヨシュは目や耳に龍のような特性が現れて、それぞれ人間離れした身体能力、人間離れした感覚を発揮する。ヨシュの話では、シトはその両方をもち併せているとのことだった。だからこそ、シトは王朝軍で大出世し、五長老の地位までも手に入れた。

「食べないでください」

「食べないよ」

腕は一瞬で元の皮膚に戻った。スライスした肉をその手で何枚かつまむと、火にかけられた銀の板の上に並べていった。肉はすぐにじゅうじゅうと音を立てる。龍族(ラチエルテ)は皮膚も強いのだろうか、熱そうな様子は全く見せない。ステーキ屋顔負けの優雅な動作で塩を振る。

焼肉パーティーが始まった。あまりに自然な流れだったので、ジェスもセレスも遠慮するタイミングを逃してしまったようだ。シトは焼けた肉を木の板にのせ、枝を削って作ったのだろう楊枝を添えて二人に勧める。

「さあ、食べなさい。血色を見れば分かる。しばらく食べていないのだろう」

「……ありがとうございます」

ジェスが板を受け取ると、セレスも深々と頭を下げながらそれに続いた。

肉の焼けるいいにおいが漂ってくる。焼き鳥パーティーを開催し損ねた一昨日の夜に王都を出てから、俺はここまで雑草くらいしか食べていなかった。

ジェスもセレスも、焼肉の誘惑には勝てないようだった。さっそく肉を食べ始める。

……俺のは？

「もの欲しそうな顔で見るのだな」

シトが無表情の髭面でこちらを見下ろしてきた。

「べ、別におねだりしてるわけではないが？」

言った直後、アニメのようなタイミングで、俺のガツがギュルギュルと音を立てる。

「君はレアの方が好きと聞いた。食べなさい」

軽く炙ったくらいの厚切り肉を渡してくる。加熱しろと思ったが、豚の口には、確かに生の方が合いそうだった。遠慮なくいただく。どこかヤギ肉のようだが、それほど臭みもなく、ほどよく熟成が進んで、噛むたびに滲み出てくる肉汁がたまらなく美味しかった。

シトは好意的だった。イツネとヨシュの父親ということもあり、俺たちの警戒心はかなり低くなっていた。誠実そうないつもの表情のまま、シトも無言で肉を食べる。

この男が何を考えているのか、いまだによく分からなかった。俺たちを追ってきたわけではないのならば、別に目的があってこのようなことをしているのではなく、単に旅で疲れた俺たちのことを思いやってくれているのだと考えるのが自然だ。数日前からこの街にいたのならば、セレスが追われていることもきっと知らないだろう。

もし本当に好意的なのであれば、協力を仰ぐという選択肢もある。王朝軍がここへ来てしまったときに逃げる手助けをしてもらえるならば、それほど心強いことはない。

だが、他に何か意図がある可能性も排除できない。セレスと楔のことを知れば、セレスを殺そうとしたっておかしくはないのだ。

これまで特に接してこなかった人物を分析するのは難しい。ホーティスのときだって、あの変態の仮面にすっかり騙されて、その裏にある意図には全く気付かなかった。

すぐに攻撃してくるような様子はない。しばらくはシトの調子に合わせて、人物像を探るのがいいかもしれない。ここにしばらく滞在していたのであれば、俺たちが追っているセレスの既視感について何かヒントになる情報を提供してくれるかもしれない。

ジェスが肉を頬張りながら、俺に頷いてきた。地の文を読んでいたらしい。頷き返す。

腹が減っていたのだろう、口の周りに肉汁がたくさんついているのが可愛らしかった……などと考えていると、ジェスは慌てて口を拭った。

肉汁などついていない。勝手に読んでくるものだから、地の文を偽装したのだ。

「君たちの不安はよく分かる」

肉を焼きながら、シトが徐に言った。

「私は王を弑逆した——しようとした。犬も食わない裏切り者だ。王と親しくしていた君たちであれば、こうして同じ釜の飯を食うのも、本当は不快極まりないことであろう」

「ほ、ほんあ……」

ジェスが反射のように否定した。肉を頬張ったまま言うものだから、もごもごしていた。

「父から繰り返し教え込まれてきたことがある。私たちのような戦闘馬鹿が乱世を生き抜く武器は忠誠心だと。策略に疎いからこそ、忠誠心だけは大切に守って生きよと。そうすればきっと殺されずに済むと。だから主君の言うことは絶対。主君のためなら命を差し出す覚悟で仕えよと。その忠誠心を捨てた私に、もはや生きていく道などない」

否定することはできなかった。俺は理由を訊くことにした。

「あなたは家庭を犠牲にするほど、王朝に忠義の厚い人だった。それなのになぜ、豚に唆されたくらいでシュラヴィスを裏切ったんですか」

シトは少し考えてから、俺を見てくる。

「それを話すにはまず、私の少年時代まで遡らなければならないが」

「興味があります。話してください」

「そうか……」

しばらく下を向いたまま黙っているのでどうしたかと思えば、突然銀板を持ち上げて、いい具合に焼き上がった肉をジェスとセレスに配り始めた。焼肉奉行か。

シト自身は、少し焦げてしまった肉を板からつまみ上げ、直接自分の口に放り込む。全く熱そうにしていないのを見るに、龍族は皮膚だけでなく舌も丈夫なようだった。もしかすると火でも吹くのかもしれない。

俺にもレアのブロック肉を差し出しながら、シトは突然語り始めた。

「私にはマリエスという想い人がいた。少年時代、私が仕えていた領主様のイェスマだ」

ジェスとセレスは、肉を食べる手を止めた。俺もブロック肉を一気に呑み込む。

イェスマに恋した話というのは、ほとんどの場合、悲劇として終わる。

ほとんどのイェスマが、一六で死ぬからだ。

「彼女が一六になり、王都へ行くこととなって、私は同行を申し出た。私の一方的な思慕ではあったが、マリエスは承諾した。私たちは二人で王都を目指した」

淡々と話すシトの手は、自動化されているかのようにナイフで肉を切り続ける。

「正直、私がいればマリエスは無事王都へ辿り着けるものと思っていた。そして実際、大半のイエスマ狩りを、私はこの手で退けた——というよりも、殺した」

　切られたそばから、肉は銀板の上に並べられる。

「それがかえって、よくなかった。大規模な組織から敵視されてしまったらしい。構成員を殺戮し続ければそうなることなど、明白だったのに。馬鹿な私には予測ができなかった。針の森で、私たちは大軍に襲撃された。その先鋒は、私と同じ龍族だった」

　肉の下面が焼けてきたところで、ひっくり返す。ジェスとセレスはさっきもらった肉にまだ手を付けていなかった。

「訓練された龍族の暗殺者に、密造された魔法武器、そして何十という数の兵。奴らはマリエスの身体にも内臓にも興味はなく、ただその命を奪いに来ていた。私の目の前でマリエスを惨たらしく殺すことが、奴らの狙いであった。そのような相手に、二人だけで敵うはずもない。私はすぐに深手を負った。するとマリエスは…………」

　電源が切れたかのように口が止まる。しばらく無言の時間が続く。

　突然、シトは銀板を持って立ち上がり、ジェスとセレスのところに肉を追加した。

「……それで、どこまで話したかな」

　焼肉に気を取られて自分の話を忘れやがった！

「大群に襲われて、あなたが深手を負ってしまったところですが」

「そうだった。……まあ、そこで話はおしまいだ」

斜陽差す焼肉会場に、暗い沈黙が漂う。

ジェスが小さな声で問う。

「では、マリエスさんは……」

「悪いが、詳しいことを話すのはあまり気が進まない。頭はいいのだろう。察してくれ」

気まずい空気になって、シトは一気に肉を頬張った。

咀嚼して呑み込んでから、呟くように言う。

「あのときマリエスが見せた笑顔は今も忘れがたい。私にくれた、最後の笑顔だ」

焼肉をする手は止まっていた。

「あれ以来、もう一度だけ、たった一度でいいからあの笑顔を見たいという思いを捨てられずに、ずっと私は生きてきた。イェスマという制度はそういうものだ。これ以上、その制度によって引き裂かれるものをなくしたかった。だから王族の末裔を葬るというサノン君の提案に賛同した。すべてを終わらせるためだ」

「……お気持ちは、お察ししますが」

と、意外にもジェスが斬り込んだ。

「シュラヴィスさんを殺さずとも、イェスマはすでに首輪から解放されていました。それにシュラヴィスさんは、これまでのやり方を変えることも検討されていました。何も、殺そうとすることはなかったのではありませんか」

「私は君よりもずっと長く、王家と関わってきた」

シトは下を向いたまま断言した。

「マーキス様を知っているはずだ。シュラヴィス様は父君と同じだった。強大な力を秘めた王家の血は、呪いに他ならない。いつイェスマ制度が蘇るかも分からない。どこかで誰かが断ち切らなければならなかった。それがたまたま、あのときに起こったまでだ。サノン君に言われずとも、私はいつか、シュラヴィス様に手を下していたであろう」

焼肉が終わると、日が山の端に近づき、空もだんだんと暗くなってきた。オレンジ色の空の向こうから、異様な密度の星空がうっすらと見え始める。

暗くなる前に、とシトは俺たちに浴場を案内した。すっかり廃墟になり、ところどころ崩れていたが、大理石の立派な建物の中庭に、露天の大きな浴槽があった。下から温泉が湧いているのか、透明なお湯が浴槽の縁から絶えず流れ出している。

ジェスとセレスがそこで身体を清めている間、誠に遺憾ながら、俺はシトと二人、少し離れたところで座って待つ羽目になった。少女二人の姿は死角になって見えない。他に誰もいない。ジェスとセレスの声、それに流れる水の音だけが聞こえてくる。

「どこか不満そうな顔に見えるが」

「不満そうな顔なんてしてないですが？？？」

あんたが「ここで待っている」などと余計なことを言わなければ、俺も一緒に入れたかもしれないのに！　挟まれたかもしれないのに！　究極のハムサンドになれたかもしれないのに！

「エロスというのは矢と同じ。こちらから求めていくものではなく、待ち構えてみるものでもなく、向こうからやってくるものであろう」

「なんて？」

突然おかしな喩(たと)えを出されて困惑する。いい年して、真顔で何を言っているのだろう。

「彼女たちを見にいっても虚(むな)しくなるだけだからやめたらどうかと提案している」

正論すぎて、返す言葉がなかった。

「あなたは耳がいい。もしかするとあなただって、こっそり二人を盗聴して興奮してたりするんじゃないですか」

「娘でもおかしくない年齢の少女をか？」

笑うことのない髭面(ひげづら)が真顔でこちらを見てきた。

娘でもおかしくない年齢の少女の生脚を嗅ぎまくっていた奴(やつ)はいたが……。

「どんな人間も内心は分からないですからね。後でジェスに探ってもらいましょうか」

シトは真顔のまま前に向き直る。

「娘や息子から聞いていないのか。龍族(ラチエルテ)は、望まぬ限り心を読まれることはない」

そうだったのか……？

「初耳でした。てっきり、身体能力と感覚が強化されるだけなのかと」

「龍族の真の強さは、身体能力でも、感覚でもなく、その魔法耐性にある。我々は魔法に抗うことができる。心を暴こうとする魔法も同様だ」

シトの松葉杖を見る。そう言う割には、シュラヴィスに脚を奪われていたが……。

「ああ、もちろんこれは例外だ。直接の魔法なら防げるが、この脚は何か物理的な波動によって瞬時に加熱され、爆発したのであろう」

そういうことか。マイクロ波か何かを超高出力で当てれば、電子レンジに卵を入れたときのように、遠隔で爆発させることができる。もし魔法でそんな芸当ができるのなら、防ぐのはほぼ不可能だろう。むしろ片脚で済んだのが奇跡なのかもしれない。

「魔法で鍛えた特殊な金を武器に塗れば、龍族の魔法耐性と組み合わせて、ある程度までの防御魔法を突破することが可能だ。だから私は、シュラヴィス様に攻撃を通すことができた。もし必要になったら、イツネに教えてやってくれ」

「イツネにシュラヴィスを殺させようって言うんですか」

「否。あくまで知識として教えただけだ」

「不要な知識です」

「そうであったか、すまない、忘れてくれ」

沈黙。ジェスたちはまだ温泉に浸かっているようだ。水音が聞こえてくる。

その様子を想像しながら、俺は口を開く。

これからこの男を頼るかどうか判断するために、どうしても訊きたいことがあった。

「……一つ、納得できないことがあります」

「何だ」

「あなたはマリエスさんを喪ったことがある。イェスマという制度に引き裂かれる人たちをなくしたいと言っていた。それなのになぜ、イツネやヨシュと親しかったイェスマを、王朝に渡してしまったんですか」

確か、リティスという名前だったはずだ。

シトの家に仕えていたイェスマだ。彼女はある日、買い物に行った帰り、男に乱暴されてしまった。王朝の掟で、ただの被害者でしかないリティスも、姦通した罪で裁かれなければならなかった。シトは立場を気にしてか、王朝にリティスを差し出してしまった。リティスは規則通り死罪となった。あまりの理不尽だ。イツネとヨシュはそのとき家を出て、二度と帰ることはなかった。

シトはしばらく口を開かなかった。肉の焼き加減を見ているわけでもない。単純に、言葉が見つからないのだろう。

「……組織は、人を変えてしまう」

想像していたよりもずっと陳腐で軽々しい言葉が聞こえてきて、ミミガーを疑う。

「そんな理由で、娘や息子の大切な人が理不尽に死ぬのを看過したんですか？自分は主君を殺そうとするほど、その理不尽を恨んでいたのに？」

「分かってくれとは言わない。君に分かるとも思わない。ただ、気になるであろうから言わせてもらう。私の妻は王朝軍の有力者の娘だった。私はその家の力を使って出世したのだ。リテイスの罪を見逃せば、私のみならず、一族の立場が危うくなる。王朝の言うことに逆らえるはずがなかった」

家、出世、立場——人の命を犠牲にしてまで、守るべきものなのだろうか？

イツネもヨシュも、この男のことを、出世ばかり気にするクソ親父だったと言っていた。

その通りだと思った。

「あなたがそこまで出世にこだわっていたのは……出世して王に近づいて、やがて王家を滅ぼすためだったんですか」

だとしたら、あまりにも倒錯している。

硬かったシトの表情が少し歪み、初めて弱さを見せた。

「さあ……もう分からなくなってしまった」

光のない目がこちらを見る。

「ただ、安心してほしい。私にはもう見ての通り、王を殺す気力などない。こんな僻地まで逃げ延びたはいいが、目的をすっかり失ってしまった。君たちと出会わなければ、誰にも見られずひっそりと、ここで朽ち果てていたであろう。殺したければ殺せ。私は亡霊だ」

釈然としないところがあったが、弱った人をさらに鞭打つことはできなかった。

ジェスとセレスは、そろそろ上がるころだろうか。

「子供たちは——イツネとヨシュは、元気にしているか」

唐突に問われて、訊き返す。

「直接話さなかったんですか」

「サノン君としか話していない。私に父親面する資格もなかろう」

その通りだ。

「……元気そうでしたよ、あなたのことはボロクソに言っていましたが」

「そうであろうな」

「そうであろうな、って……」

日は暮れたようだ。薄闇になった一角をシトはぼうっと見つめている。

「まだヨシュは、イツネにべったりなのか」

やっぱり姉にべったりだったんだな、あいつ……。

「今はもう違いますよ。何歳だと思ってるんですか」

「はて、何歳だったか」

やはりクソ親父なのだと思った。その目はもう、子供たちのことも、かつて自分が死なせてしまったリティスのことも、見ていないようだ。

これは演技ではない。この男は本心からこうしている。ここにいるのは、想い人を失い、家族を失い、主君を失い、目的を失い、何も残らなかった抜け殻だ。

だからこそ、信頼に足ると思った。

セレスとともに逃げ延びて、セレスが死なずに済む方法を探すために、シトの力を借りる。十分に妥当な選択肢だ。

二人に――伝えに行かなければ。

「ちょっと、二人の様子を見てきてもいいですか」

俺が言うと、シトは眉間に皺を寄せる。

「私がここでいいと言ったら、君が彼女たちの裸を見たとき、私のせいにする危険がある」

「嫌だなあ、そんなことしませんって」

なぜバレたのだろう。

俺が浴槽へ向かったところで、折悪く、ジェスとセレスがこちらに歩いてきた。

「あら、豚さん、お待たせしました！」

二人とも服を着ていた。残念。

「こっちに来る足音が聞こえたんだ。もう着替え終わったんだろうなと思って」

ジト目で見てくるジェス。その服に旅の汚れは見当たらず、すっかりきれいになっていた。

「服、作り替えたんだな」

「ええ。魔法で。それに豚さん、見てください！」

ジェスはじゃーんという効果音でもつきそうな勢いで、セレスの両肩に手を置いた。

「あっ……ジェスさん、私……」

なぜか恥ずかしがって身体を隠すセレスを、ジェスは明るいところまで押してくる。

セレスも、きれいな格好に着替えていた。

普段着ている服ではなく、そしてさっきまでの質素な服でもなく、ジェスが創り出しただろう新しい衣装を身に纏っていた。

ゆったりとしたベージュのブラウスに赤いリボンを合わせ、下は黒いショートパンツだ。短い髪も相俟って一見すると少年のようだが、小さな肩、ゆるやかにくびれた腰、細い脚のシルエットが活かされて、どこか色気すら感じる魅力があった。

「……すごく可愛いな」

うっかりセレスをすごく可愛いなどと褒めてしまったが、あくまで服のことだと思ったのだろうか、ジェスも嬉しそうに頷く。

「ですよね！　こういう格好、セレスさんに似合うと思っていたんです」

「ふえ……」

　戸惑いの声を上げながら、セレスは恥じらう。

「可愛いだなんて、私、そんな……」

「自信をもってください。とっても素敵ですよ」

　ジェスのキラキラとした笑顔に、セレスもえへへと照れ笑いした。

「このデザインは、ジェスが考えたのか」

　訊くと、ジェスはにこりと嬉しそうに笑う。

「はい。セレスさんの細い脚が映えると思って、このようにしたんです。これなら豚さんも、スカートを覗けませんしね」

　なるほど。計算高い。

「すごいじゃないか。ジェスは天才だな」

「ありがとうございます」

　無邪気に嬉しそうにするジェスは、見ていてこちらまで嬉しくなるようだった。

「まあ、俺は女の子のスカートを覗いたりはしないんだけどな」

　なぜか沈黙が訪れた。おかしなことを言っただろうか？

　後ろから松葉杖の音が聞こえてくる。

「千の戦も形から。身を清めるのも、服装を正すのも、何かに挑もうとするときには大切なことだ。そのように気持ちを高めるのは重要なことであろう」

この男は何でも戦争に喩えて話すんだな……。

ジェスが気付いたように問いかける。

「シトさんは、それで私たちをこの浴場に……？」

「いかにも。君たちはここへ、何かを成し遂げにきたのであろう。あんなボロボロの格好では、取れる首も取れない。後はしっかりと休養することだ」

焼肉会場に使った広場を挟むようにして、巨大な尖塔が二つ並んでいる。直線的な白と、もののものしい黒。俺たちはシトに案内され、その白い方に入った。黒い方は見た目通り、中も気味が悪いらしい。

白い塔の一階部分は大きな礼拝堂になっていて、何十メートルという高さのところにドーム天井がある。そのさらに上へ塔が伸びているのだろう。長きにわたって使われてこなかったというのに、とてもいい保存状態だった。

布を織る魔法を応用して、ジェスは毛布を創り出した。集めた長椅子の上に寝床を作り、ジェスとセレスは横になる。二人は一緒に寝ることにしたらしい。いいなあ。挟まりたいなあ。いいにおいがするんだろうなあ。シトは見張りのため、入口近くに腰掛けて眠るという。俺は少女二人のそばで丸くなる。

静かな夜だった。

「セレスさん。何があっても、絶対に諦めちゃいけませんよ」

横になったまま、ジェスが小声で言った。

「豚さんも私も、セレスさんを守るためにここにいるんです。ずっと一緒ですから」

「はい……」

掛け布団がもぞもぞと動いた。セレスは照れくさいのか、ジェスに背を向けるようにして横になっている——その背中を、ジェスが後ろからそっと抱きかかえたのだ。挟まりたいなあ。

セレスの脚が戸惑うように縮まった。

「こんなに色々、してもらって……私、すごく嬉しいです」

「そうですか……よかった」

「素敵なお洋服も、ありがとうです。私にはとても、もったいないくらいで」

「もったいなくなんてありません。セレスさんのために創ったんですから」

ジェスの腕の中で、セレスはもぞもぞと身体を動かす。

「私、いったいどうやってお返しすればいいか……」

「お返しはいりません」

「でも——」

「全部終わったら、この服、みなさんに披露しましょうね。ノットさんの反応が、とても楽しみです」

「………」

セレスが黙ってしまうのも分かる。ノットはオタクの俺と同じくらい服装に無頓着なのだ。眼鏡セレスたそを披露したときでさえ、眼鏡には全く言及しなかったくらいだ。オタクなら眼鏡には必ず萌えるので、そういう意味ではむしろオタク以下かもしれない。

ジェスは控えめにあくびをしてから、囁く。

「きっと喜んでくれますよ……元気なセレスさんの姿、早く、ノットさんに……」

言葉が途切れ途切れになり、話すテンポがどんどん遅くなっていく。

「だから、絶対……逃げて………私たち……道を……見つけるんで………」

息が大きく吐き出された。

「………すや」

「あれ、ジェスさん……？」

「寝たな」

戸惑うセレスに教えてあげた。そろそろ挟まってもいい頃合いだろうか。

「え、え、挟まる……？」

セレスに地の文を読まれてしまった。気にしないでほしい。

「道中はジェスに頼りっぱなしだった。相当疲れてたんだろうな」

「そうですね……私、なんでもかんでも、お二人にやってもらって……」

相当、気にしているらしい。

話がしやすいように、セレスの側へ回り込む。

「セレスが気に負うことはない。ジェスだって、俺だって、やりたくてやってるんだ。ジェスもお姉ちゃん気分で、すごく張り切ってたじゃないか」

「お姉ちゃん……確かに、です」

「な、だから俺のこともお兄ちゃんだと思って頼ってくれていいんだぞ」

「えと……それは、大丈夫です」

断られてしまった。

大きな瞳がこちらを見ていた。割れた窓の向こうから覗く星空が反射してキラキラと輝く。

「……二人で話すのは、久しぶりな気がするな」

「はい。なんだか、初めてお会いした日の夜のこと……思い出します」

「懐かしいな。確か、夜中に呼び出されて」

「豚さんが私を襲いたいと言ったので、とても驚いてしまったこと、憶えてます」

「待て、記憶が改竄されている。あれはあくまで、セレスを励ますためで――」

「ダメですよ」

突然ジェスの声がして、凍りつく。

しかしすぐ、すやすやと寝息が聞こえてきた。どうやら寝言らしい。

眠っている最中でも聞き耳を立てられているのか……。

セレスは小さく笑う。

「豚さんは願い、叶えられたんですね」

思い出す。今となっては遠い昔にも思える会話。

――豚さんも、願いが叶うといいですね

セレスは俺がノットを勧誘した日、そう言って俺たちを向都の旅に送り出してくれたのだ。

願いとはすなわち、ジェスへの想い。豚小屋に転がっていたところを優しくされて、たった一日でガチ恋してしまった、どうしようもない俺の感情。

五年かけてノットを想ってきたセレスの想いに比べたら軽いものだと、あのときはそんなことを言って価値を否定した。しかし結局、俺はジェスといまだに一緒にいる。

一方で、セレスの想いが危険にさらされている。

自分の命と引き換えに世界を健全化させられるという残酷な真実。

ノットのそばにいれば王朝と解放軍の全面戦争の火種となってしまうという状況。

セレスはどうすればいいか分からなくなって、あれだけ一緒にいたかったノットのもとを離れ、逃げて、俺たちに助けを求めてきた。

「セレスの願いも、きっと、叶えような」

「……叶えられる、でしょうか」

「もちろんだ。心配するな。俺を誰だと思ってる」

「くそどーてーさん、ですね」

「そうだぞ」

ジェスが不満げに唸るのが聞こえてきた。センサーの感度がすごいな。

「明日、この街を探索してみよう。ここに既視感があったなら、必ず手掛かりがある。その胸の痛みが何なのかも、少しずつ分かってくるはずだ。一緒に考えよう」

「……はい」

はるか上の方から、ぼう、と低いパイプオルガンのような音が響いてくる。二つの塔が風を受けて出す音。心が落ち着くような、落ち着かないような、不思議な音色だった。

「……くそどーてーさん」

「どうした」

「私、とっても感謝してるんです。ノットさんに想いを伝えろと、あの朝、背中を押してくださったこと」

あの朝――危険な旅に同行するよう、ノットを勧誘したときのことだ。

正直、あれは打算的な選択だった。

セレスが想いを秘めていて、ノットがそれを知らない限り、セレスの気持ちを知るジェスは、ノットの同行に納得しなかっただろう。こちらに都合がいいように、ノットを騙して連れていく形となってしまうからだ。ノットがセレスの想いを知っていて、そのうえで「セレスを置いて旅に出る」という判断を下す必要があった。

「感謝されるようなことじゃない。あれはセレスのことを思ってじゃなくて、ジェスの利益を考えての発言なんだ。俺はセレスを騙した」

「騙したなんて、そんな……私、そんなこと、思ってないです」

「悪かったな。あんなことまでさせておいて、結局、ノットをすんなり帰してやれなかった。セレスとの仲を、引き裂いてしまった」

「あ、あの、謝らないでほしいです」

セレスの眉が困ったように動く。

「私、きっと、あのとき追い詰められなかったら、一生、ノットさんに想いを伝えること、なかったと思うんです。ああして突然言われたりしなければ、きっとずっと、秘密のままだったと思うんです。いつかノットさんがいなくなってしまうまで、私、何も言えなかったと思うんです」

「そうなのか？」

「です。だから……もしお二人が、ノットさんを連れていったこと、負い目に感じているのなら……それは、大丈夫です。私はお二人のこと、少しも、悪く思ったりしてませんから」

「それならいいんだが……」

しかし、悪く思っていないと言うことそのものが、むしろ悪く思う深層心理の存在を裏付けているようにも感じた。悪く思うという可能性が脳内になければ、「悪く思っていない」という言葉自体、ここでは出てくるはずがないのだから。

「ち、違うんです。そうじゃなくって、えと、私……」

地の文な。

「俺たちのせいでノットが村の狩人でなくなってしまったのは、紛れもない事実だ。セレスの立場で、それを悪く思わないはずがない」

「あ……そうじゃなくて……私、知ってたんです」

「何をだ……？」

「ノットさんが、いつかはいなくなってしまう人だということ……私、知ってたんです」

「いつかはいなくなってしまう人……」

反復する俺に、セレスは小さく頷く。

「ノットさんは、あんな小さな村や、こんな田舎娘で収まる方ではないですから。いつかきっと村を出て、もっと大きなことを成し遂げる方だと、知ってました。ノットさんがいなくなったのは、ジェスさんやくそどーてーさんのせいではないんです」

「そうかもしれないが、こんな田舎娘ってな……自分を卑下しすぎだぞ」

少し前の俺みたいなことを言う。

相手のあまりの眩しさに、自分が全くつり合わないように思えてしまうのだ。

俺はその思い込みの果てに、崖から身を投げてしまった。

「セレスはノットにとってかけがえのない人だ。ノットのことを、きっと誰よりも知ってる」

ジェスが起きない程度に小さく、セレスは首を振る。

「でも私、全然役立たずで……」

「役立たずなわけないだろ。魔法でノットの怪我を癒すことができる。それにロッシがやっていたサポート役だってできるんだ。王朝軍の犬を追い払ってくれた魔法、すごかったぞ」

「そ、そうですか……えへ」

照れ方が可愛いなあ。

「セレスはもっと、自信をもっていい。叶える自信がなければ、叶うはずの願いだって叶わないぞ。自信を捨てずに、頑張り続けるんだ」

「……はい。ありがとうです」

静寂のうちに、セレスの瞼がゆっくりと下りていった。

風が塔を通り抜ける低い音だけが聞こえてくる。途端に闇が恐ろしく感じられる。

未来に何が待ち構えているかは分からない。しかしセレスのためにも、明日はまた頑張らなければならないと思った。


起きるとジェスがぷんすこしていた。

「どうして豚さんが、私たちの間に挟まって寝ているんですか？」

目を開くと、左右に少女の脚が見えた。ジェスとセレスに挟まれ、ハムサンド状態。

「ああ、これはな、ジェスの悪い寝相からセレスを守ろうと思ってのことなんだ」

「むにゃ……」

セレスが寝ぼけている間に会話を終えなければならない。

「ジェスがげしげしとセレスを蹴ってしまうものだから、俺が間に入ってガードしてあげてたんだ。決して女の子に挟まれて寝たかったとか、そういうわけじゃないぞ」

寝起きの跡が見えるジェスの頰がぷうっと膨らむ。

「……豚さんは、本当に自分を犠牲にされるときは、むしろ逆のことをおっしゃいます。間に入ってガードするつもりだったのなら、私に気を遣って、『女の子に挟まれて寝るのが小さいころからの夢だったんだ』なんて言ってくださるじゃありませんか」

確かに……？

「じゃあ訂正する。本当は女の子に挟まれて寝るのが小さいころからの夢だったんだ」

「そうですか。夢が叶ってよかったですね」

あれ、なんだか冷たくないか……？

「むにゃん……」

セレスの細い脚が、絡まるようにして俺の顔を弄んでくる。スカートだったら大変なことになっていただろう。

ジェスの視線がいよいよ厳しくなってきたので、俺は慌てて寝床を抜け出した。

入口付近に、シトは昨晩と全く同じ姿勢で座り込んでいた。

「君たちは今日、何をするつもりだ」

近づく俺を見ると、立ち上がって服を整えながら、シトは俺に訊いてきた。

「……答えたくなければ、答えなくていいが」

「この街を探索しようかと思っています。もしよければ、同行してくれませんか」

「無論、構わない。他にやることもないからな」

支度をして、外に出る。どんよりとした雲の向こうに赤い空が覗いている。

俺はシトに打ち明けることに決めた。街を歩きながら、かいつまんで説明をする。

セレスの胸に宿る契約の楔が不穏な動きを見せていること。

この街に来たことはないはずだが、セレスはなぜか既視感を覚えているということ。

その既視感には、楔の刺さった胸の痛みが伴うということ。

なんとかして、この状態を解決したいということ。

セレスが死ねば世界が戻る、という情報を隠しながら、できるだけのことを話した。

「なるほど。なんとなく、そんな気はしていた」

シトの返事は意外なものだった。

「そんな気はしていたとは……いったい、どういうことですか」

「ここへ来た晩に、私はあの城へ行ったのだ」

指差すのは、山の中腹に広がる崩れた城。

「何のために？」

「気になるだろう、あれだけの大きな城の跡だ」

無感情に言うものだから、本当に気になっていたのだろうか、と疑問に思った。

「いかにして攻め落としたものか、散歩がてら考えていたのだ」

「戦が好きなんだな……」

「シトさん、あのお城に、何かあったんですか？」

ジェスが訊くと、シトは神妙に頷く。

「城へ行ったとき、ふと男の声が聞こえたのだ。もう少しここに留まっていろ、と。言いつけ通り留まっていたところ、どんぶらこ、どんぶらこと、君たちが流れてきたわけだ」

豚から生まれた豚太郎。

「男の声……誰の声です？」

「知らない」

即答だった。

「やけに古風な話し方をする男だった。声の主を捜したが、見当たらなかった。この私が目と耳を使って捜しても見つからないのだから、男に物理的な身体は存在しない。今流行りの、異常現象であろう」

ジェスと顔を見合わせる。古風というのが気になった。

俺たちが調べているルタという男は、ヴァティスの夫でありジェスの遠い先祖。今からおよそ一〇〇年前の人だからだ。

契約の楔。鍵を握る異世界の男。そしてセレスの謎の既視感。すべてが少しずつ、繋がり始めているような気がした。

セレスには、城へ向かう道に見覚えがあるようだった。道の石畳は広場と同じく、白と黒が交互に敷き詰められていて、まるでチェス盤だ。自然と足が前に動いていく。

「不思議な配色ですね。どのような意味があるんでしょう」

ジェスが足元を見ながら興味津々で訊いてきた。

「塔の間の広場も、同じような石畳だったよな」

そんな話をする俺たちに、シトが説明する。

「これは迷いの道と呼ばれていたらしい。白か黒か、決められぬ者が歩く道であろう」

振り返れば、白い塔と黒い塔が見える。あの間にある広場から山の中腹の城跡まで、この道はずっと続いている。悪趣味にすら感じられるデザインだ。

「あなたも何か、決められずにこの道を歩いたんですか」

俺の問いに、シトは答えなかった。

道は何度も曲がりながら少しずつ山を上がっていき、やがて城の中に入った。城といってもほとんどの構造が崩れていて、レンガ積みの壁が残っているばかりだった。

不気味な場所だった。周りの森ではカラスの群れが飛び交っているのに、彼らは決して文明の痕跡があるところへ入ってこようとはしない。ネズミくらいいてもいいものなのに、道に動物の気配はない。白と黒の石で構成された道は、まるで葬儀場のようだった。

崩壊した城には生活感がなく、ただ無残な壁があるばかり。かつて街がどのような姿だったのかは知る由もないが、今の様子は、まさに「死の街」という呼び名にふさわしいと感じた。

道は最終的に、高い壁に囲まれた広場へ突き当たった。

「これは……」

思わず声が漏れてしまった。

それはまるで何かの儀式を行う場所のような、異質な空間だった。

床は直線で仕切られた白と黒の真っ二つに分かれていて、俺たちはその白い側にいる。

広場の中央、白と黒の境目のところには、灰色の岩で作られた輪が立っていた。ちょうど人の通れる大きさで、雰囲気としては初夏の神社に置かれる茅(ち)の輪(わ)に近い。

輪の中では、銀色の炎が燃えていた。

色のない炎だ。モノトーンの周囲に合わせたのか、逆に周囲の配色が炎に合わせられているのか。地面から絶え間なく燃料を供給されているかのように、炎は廃墟(はいきょ)の中でも勢いよく燃え続けている。

「あっ……ジェスさん、く、くそどーてーさん、これ」

セレスが胸を押さえてその構造物を見た。

「既視感があるのか」

セレスは目を大きく見開いたまま、頷(うなず)いた。

「とても……なんだか、今までで一番強い気がします」

来るべき場所は、ここで間違っていなかったようだ。ルシエ城にあった絵画で、城の部分に三角形の模様が記されていたのも、おそらくこの場所を示すためなのだろう。

シトが炎を見ながら言う。

「これは古くから『決別の炎』と呼ばれるもの。死の街ヘルデを、死の街たらしめるものだ」

セレスが控えめに口を開く。

「どういう……ことですか？」

「消えることなく燃え続けるこの炎は、数々の『決別』を後押ししてきた。そしてほとんどの場合、ここへ来た者を跡形もなく焼き尽くした」

不穏な空気が流れる。この炎は、命を奪うために燃えているというのか。

「……私、知っているかもしれません」

ジェスが思い出すように言った。

「輪の中で銀の炎が燃えている——昔話があったはずです」

それについてはシトも知らないようだった。

「あまりはっきりとは憶えていないのですが」

と、ジェスが神妙に語り始めた。

——それは暗黒時代よりもずっと前から伝わる話。

昔々、貧しい少年と富める魔法使いの少女が恋をした。二人はその身分の違いから、決して結ばれない運命にあった。周囲の反対が厳しく、一緒にいるところを見られるだけでも非難された。少年は少女の家の者から一方的にひどい扱いを受けた。

そんな少年を労わる少女に、少年はますます惹かれていった。少年が恩返しに少女のことを助けると、少女はますます少年に惹かれていった。二人が惹かれ合うことで、周囲はますます二人を引き離そうと躍起になった。

二人と世間は全く逆方向に進んでいき、遂に二人は、逃げるように街を出た。

旅先で、二人は導かれるようにある場所へ辿り着いた。石の輪の中で銀色の炎が燃える不思議な場所。炎をくぐることで、どんな運命とも決別することができるという伝説があった。

つらい運命を捨てることに迷いのなかった二人は、手を繋いで輪をくぐった。

銀色の炎は二人を燃やして――輪の反対側から出てきたのは、少女だけだった。

少年は炎に絡めとられ、燃え尽きて、消えてしまった。

実は、二人の間には、捨てたいものに大きな違いがあった。

自らの運命を悲観し、世界を捨ててしまいたいと思っていた少年は、その願い通り炎に焼き尽くされてしまった。

一方、少女は少年と一緒になるために、自らの身分を捨てたいと思っていた。だから炎が焼いたのは、少女の身分のもととなる魔力だった。そうして少女は生き残った。

少女は少年のことを思いながら、普通の人間として一生を終えたという――

「救いのない話だな……」

聞いただけで暗澹たる気持ちになった。

「これじゃあ、教訓も何もないじゃないか。ただただ少年と少女がかわいそうな話だ」

「そもそも、教訓のために創作された物語ではないのであろう」

シトが冷たく言った。

「おそらく実話に基づいた話なのではないか。実話であるから、教訓も何もない。事実、物語に出てきた銀の炎が、私たちの目の前で燃えている」

確かに。

ジェスがセレスの肩にそっと手を置く。

「それでは、あの炎は本当に、運命と決別する力をもっているということですか？」

もしセレスの身に埋め込まれた楔の問題がこの炎で解決するのだとしたら、それに越したことはない。

「でも運命って何だ？　あまりにぼんやりとしすぎていて、よく分からない。この炎でたくさんの人が死んでるんだろ？　昔話の少年のようにセレスが消えてしまったらダメだ」

「そうですね……」

「この炎は、必ずしも命を焼くわけではない。その者の最も捨てたい運命を焼くのだ。自らの運命を断ち切ってでも生きたいと思っている者であれば、魔力であれ、愛であれ、この炎は断ち切るべき運命を焼き尽くしてくれる。そうでない多くの場合、この炎は、その者を存在ごと焼き尽くす」

シトは流暢に語った。

「生きるべきか、死ぬべきか、それを迷っている者に、この炎は答えを出してくれる」

「……ずいぶん詳しいんですね」

「当然だ。私はこれを目当てに来たのだから」

シトはここに、逃げてきたわけではなかったのか……？

そんなことを考えていると、ふと気配を感じた。振り返る。

すぐ後ろに、頭から足まで真っ黒なローブに覆われた人間がいた――いや、その輪郭から人だと推定されただけで、本当に人なのかどうかは分からない。フードの中は真っ暗な闇で、手は袖に覆われていて、足元もローブで隠れている。

見るからに、怪しい存在だった。

即座にシトが動いた。ローブの人影の首元を目がけて、銃弾のような速度で手を伸ばす――が、そこには何もないかのように、手は通り抜けてしまった。

「何人も、亡霊に触れることはできぬ」

フードの下から男の声がした。シトがぴくりと反応する。声に聞き覚えがあるようだ。

シトに、ここに留まるよう命じた姿なき声。古風なしゃべり方をする声。

「……誰だ。顔を出せ」

鋭く言うシトの濃い眉に、きゅっと皺が寄った。

「儂に顔はない。汝らは儂の顔を知らぬであろう」

禅問答のようなことを言ってくる。どこか、深世界を旅したときのことを思いだした。

「儂はすでにこの国にはおらぬ。儂がこちらに遺した痕跡が、汝らに今話しかけておるのだ」

「あなたは……ルタさん、ですか……？」

ジェスの問いに頷く人影。

「左様」

異世界から来たという、ヴァティスの夫。ジェスにもその血は流れている。

滑るようにして、ルタを名乗る人影がセレスの前に移動した。

セレスは怯えたように一歩後ずさった。

「最後の楔を宿しているのは、汝であるな」

言われて、セレスは小さく頷いた。

「かような現象が起こることは知っておった。メステリアを去る前に、儂はいくつか手掛かりを残してきた。汝らは首尾よくそれを辿り、ここまで来たわけだ」

あまり発言できるような空気ではなかったが、気になったので、口を開く。

「セレスの――この子の既視感のことでしょうか」

「いかにも。メステリアの各地に、この場所を示す手掛かりを残してきた。残された三つの楔には、その場所に関わる儂の記憶を纏わせておいた。最後の楔を宿した者が、手掛かりを見つけ、ここへ誘われるように」

俺たちがここへ辿り着くことができたきっかけは——ルシエ城にあった死の街の絵画や、この城を指していた記号は——ルタの手によるものだったということか。

「すべての楔を使い果たせば、この国で言う超越臨界という現象が起こる。同時に、楔を宿す者にも異変が生じる。そしてその者を殺せばよいという話になってくる。どれも、儂の故郷で大昔に起こっておったことだ。誰かがかような理由で殺されるのは避けたかった」

そういうことだったのか。

ルタは最後の楔を宿す人に救いの道を提供したかった。俺たちはまさしくその救いの道を歩いてきたということだ。

「でも、だとしたらなぜ、ヴァティスにそのことを教えなかったんですか？　こんな手掛かりを残すよりも、王家の記録に残した方が——」

「この場所のことを、あの人には教えたくなかった」

ルタは俺を遮って言った。

「少々特殊な場所なのだ。儂はあれを通って元の世界へ帰った——妻と子に別れを告げた」

手のない腕が銀色の炎を指し示した。

「あれは、千年は下らぬ昔に儂の世界から来た男の墓。儂が楔の場所を見通すことができたのと同様、儂の世界からこちらへやってきた者には、魔法を超えた神のごとき力が与えられる。ここに眠る男の亡骸は、永久に消えない炎を上げて燃え続けておる。そしてその炎には、運命を焼き払う力が宿っておるのだ」

つまりルタは、運命を焼き払ってまで元の世界へ戻りたかったということか？　いったい何の運命から逃れたかったのだろう。

俺の疑問を見透かしたように、人影は言う。

「ヴァティスは儂に、帰ってほしくなかったのだ。あれほど強い霊術で繋ぎ留められては、儂とはいえ自力で逃げることはできなかった。したがって、魔法より上位の力によって自らを焼き尽くすしかなかった」

ジェスが胸に手を当てて、小さな声で訊く。

「どうして……どうして逃げるだなんて」

「儂はこの目の力で、メステリアをよき場所にできると考えておった。思い上がっておった。だが結果として大殺戮を生じさせ、イェスマという存在を生み出してしまった。これ以上、神のごとき力をこの国に残しておいてはならぬと考えたのだ」

人影がゆっくりと顔を上げた。顔は見えなかったが、ちらりとその目元だけが見えた。

左目があるはずの部分には、骸骨のように黒い穴が開いていた。

楔の在処を見通す眼。王朝の祖に圧倒的な力を与えた眼。俺たちが、残された楔を手に入れるために使った——ルタの眼。

「本題に入ろう」

人影は両手を広げてセレスの方を向いた。

「楔を取り除く方法は簡単。その炎を越えてゆけばよい。自らを死に至らしめる運命と、ここで決別するのだ。炎が汝の魔法の源をすべて焼き払ってくれよう。契約の楔は、魔法使いとしての運命とともに消え失せる」

涼しい風が吹き抜けていく。じわじわと、喜びが湧いてくる。

俺たちの旅路は、逃亡は、無駄ではなかった。ルタの遺した痕跡を追うことで、セレスが死なずに済む方法へと辿り着くことができた。

「すごい！　セレスさん！　よかったじゃありませんか！」

ジェスが嬉しそうに言った。

逃げて逃げて、こんなところまで来た甲斐があったというものだ。

「これでノットのところに戻れるな」

「えと……」

セレスが困惑したように大きな目を迷わせた。

人影が問う。

「どうした」

「……この炎を通ると、私にはもう、魔法が使えなくなるということ、ですか？」

「いかにも。代償は覚悟せねばならん。命を失うか、魔力を失うか、二つに一つだ」

「え………」

セレスの様子がおかしかった。

炎を見て、数歩後ずさる。まるでせっかくの救いの手を嫌がっているかのようにも見えた。

確かに、魔法が使えなくなるというのはショッキングなことかもしれない。しかし、死ぬことと比べればだいぶマシなはずだろう。ここに来て、なぜ迷うのか。

「なあセレス、どうした……？」

セレスはブンブンと勢いよく首を振った。

そして突然、炎に背を向けて走り出す。

「セレスさん！」

ジェスが叫んでも、セレスは止まらない。

小さな背中はあっという間に、城の瓦礫（がれき）の向こうへと消えてしまった。

あのときの炎は、今でも目に焼き付いています。

バップサスを——私の育った村を焼いてしまったあの激しい炎。あまりにも眩しくて、私は右も左も分からなくなってしまって、炎とはこんなに恐ろしいものなのかと驚きました。

でも同時に、あの炎をほんの少しだけ嬉しく思ってしまった私がいました。

炎は私を、村から自由にしてくれたのです。

私が村に縛られている一方で、ノットさんは囚われの身となっていました。

非力な私に何ができるわけでもありませんが、ノットさんが死んでしまうかもしれないというのに、村にいて何もできないなんて、私には耐えられませんでした。

私を育ててくれた村を、マーサ様の旅籠を、焼いてしまったあの炎。それを嬉しく思うだなんて、私はとっても悪い子です。

でもあの炎がなければ、ノットさんに会いに行くことはできませんでした。

自由になることはできませんでした。

村を出て、ロッシさんと、サノンさんと、くそどーてーさんと、私は北を目指しました。

ノットさんは私が助けずとも、囚(とら)われの身を脱していました。当たり前です。ノットさんはそういう方なのですから。私がいなくても、生きていける方なのです。

ニアベルという静かな港町で、私は解放軍のみなさんと合流しました。ノットさんもすぐに来ると聞いて、心臓の鼓動が一気に速くなりました。

もう少しで会える――ノットさんに会える、そう考えると、嬉(うれ)しくて胸がいっぱいになりました。でもすぐに、どっしりと重い不安が襲ってきます。

ノットさんは、私をどう思うのでしょう。

解放軍の英雄は、こんな田舎娘をどう見るのでしょう。

私が村で平凡な日々を過ごしている間、ノットさんは想像もつかないような戦いをされていたことでしょう。私が旅籠(はたご)でお皿を洗っている間、ノットさんは北部の闘技場で命懸けの斬り合いをしていたのです。

ノットさんの中で、きっと私は、どんどん小さな存在になっていくのだろうと思いました。

それは避けられないことです。

サノンさんは、黒のリスタを使った治療など、私にできることを挙げてくださいました。くそどーてーさんは、そばにいれば小さな存在にはならないと励ましてくださいました。

私だって、ノットさんと一緒に過ごした数え切れない日々を思い出していました。

でも、それではやっぱり足りないのです。

ノットさんは亡くなったイースさんのことを追いかけながら、ずっと戦ってきました。ノットさんの腰には、イースさんのお骨を使った剣がいつだって提げられています。

私なんかが入り込む隙間は、ノットさんの心にはないのです。

忘れられてしまうのではないか、とさえ思いました。一緒に過ごしてきた日々が、ノットさんに降りかかる数々の過酷な運命で、簡単に塗り潰されてしまうのではないか――そういう考えが拭い切れませんでした。

私にとって幸せだったあのなんでもない日々は、ノットさんにとっては、本当になんでもない日々だったに違いないのです。

少し悪いことを考えるとどんどん悪い方に転がっていってしまうのは、私の悪い癖です。

ノットさんは、私のことを忘れたりなんかしませんでした。

船の中で再会したとき、ノットさんは私の名前をしっかりと呼んでくださいました。

そして――「帰りたくなったらいつでも言え」とおっしゃったのです。

分かっていました。ノットさんにとって、私はその程度なのです。

帰りたくなったら帰っていいような、その程度の存在なのです。

私は自分にできることをしました。ヨシュさんからいただいた黒のリスタで、ノットさんの傷を癒しました。傷はきれいに治りました。

それからというもの、私は必死でノットさんについていきました。

私にできることは何だってするつもりでした。それがノットさんのそばにいる理由でした。

だから、見送り島でノットさんが呪いに倒れたとき――私に迷いはありませんでした。

私はホーティスさんに首輪を外していただき、死の呪いを引き受けました。ノットさんのためなら死んでもいいと、私は本気で思っていたのです。

死んだら一緒にはいられません。でもイースさんみたいに身体の一部でも身に着けていただけるかな、そうだったら嬉しいな、なんて、私は考えていました。

結局、私は死にませんでした。契約の楔というメステリアの至宝を使って、呪いを解除したのです。詳しい仕組みは分かりませんが、首輪を外した私は魔法使いになっていて、その魔法使いに楔を使うと、脱魔法という現象が起こるそうです。それで呪いが消えたといいます。

そうして、私は魔法が使えるようになったのでした。

魔法とは難しいもので、すぐに習得できるものではありません。最初は、以前からやっていた治癒を練習しました。黒のリスタを使わずに、怪我を治すのです。これはすぐにできるようになりました。ノットさんは傷を負うことが多い人でしたから、私の魔法はとっても役に立ちました。祈禱という形をとらず、どんな怪我でもすぐに癒すことができました。

サノンさんに勧められて、かつてロッシさんが使っていた魔法道具の模倣にも挑戦してみました。ノットさんは長いこと、相棒のロッシさんと一緒に狩りなどをされてきたので、同じ役割を果たせる人がいたら便利だろう、という発想です。地面を凍らせたり、泥沼にしたり、小さな爆発を起こしたり、あと、人間には聞こえない音を出したり。どれも未熟でしたが、ある程度は使えるようになりました。きっと契約の楔のおかげで、魔法が強化されていたのだと思います。

道具に頼らず何回でも使えて、応用もできる私の魔法は、狙い通りとても役に立ちました。私自身は賢くもなく機転も利かないのですが、サノンさんかヨシュさんがいつも私のそばにいてくださいましたから、言われた通りに魔法を使うだけで、ノットさんたちのサポートをすることができました。

私の魔法のおかげで戦いに勝てたこともあったそうです。もちろんそれは最終的な結果論でしかなくて、解放軍のみなさんなら私がいなくても戦いには勝っていたと思いますが、それでも、お褒めの言葉はとても嬉しいものでした。

ノットさんは私の成長に驚いた様子でした。口には出されませんでしたが、きっと私のことを見直してくださったに違いありません。泣いてばかりのドジなセレスが、ロッシさんのように戦いをお手伝いし、いつでも瞬く間に怪我を癒すまでになったのです。

魔法は私の生き甲斐になっていました。

魔法があるから、ノットさんのお役に立つことができます。魔法があるから、私は特別な存在でいられます。普通の女の子ではなくイェスマに生まれたことに感謝しました。

ようやく、胸を張ってノットさんのそばにいる理由ができたのです。

第四章

きちんと人の目を見て話せ

the story of a man turned into a pig.

セレスは無残に崩れた瓦礫(がれき)の陰に蹲(うずくま)っていた。こちらに向けられた背中はとても小さく見える。ジェスと二人で、ゆっくりと近づく。

「……セレスさん」

ジェスが慎重に声を掛けると、セレスは俯(うつむ)いていた顔をさらに下へ向けてしまった。

俺はジェスと顔を見合わせた。ジェスの困惑した表情。

「なあセレス、どうしたんだ。悩みがあるなら、俺たちが聞くぞ」

返事はない。

「……もし俺に聞かれるのが嫌だったら、ジェスだけが聞く」

「もし私に聞かれるのが嫌でしたら、豚さんだけが聞きますよ」

謎のコンビネーションに畳みかけられて、セレスはゆるゆると首を振る。

「ち、違うんです……ごめんなさい、そうじゃなくって……」

蚊の鳴くような、という表現がぴったりに思えるくらい、小さな声だった。

「もしどちらにも聞かれたくないんだったら、俺たちはいなくなる」

「それでは独り言になってしまいますが……」

場違いな漫才に、セレスはクスリとも笑わなかった。

「あの……ちょっと、びっくりしてしまって……考える時間、欲しくて……」

こちらを向いたセレスの目は赤く腫れていたが、涙は流れていなかった。

ジェスが自然な動きで、セレスのそばに腰を下ろす。

「セレスさんも座ってください。一緒に考えましょう」

素直なセレスは、ジェスのすぐ隣にひとまず腰を下ろした。俺はセレスを挟んで、ジェスとは反対側に座った。

「私……頭の中、ぐちゃぐちゃになってしまって……どうしたらいいか、分からなくって」

「それなら、一度状況を整理してみましょう」

ジェスが優しく微笑(ほほえ)んで人差し指を立てた。

「私が質問していきますので、セレスさんはそれに簡単に答えてください」

こっくりと、セレスは頷(うなず)いた。

「ではまず……セレスさんを今、苦しめているものは、何ですか？」

「それは……契約の楔(くさび)、です」

「どうしてですか？」

「契約の楔(くさび)が私の身体(からだ)にあるせいで……国中がおかしくなって、みなさんにご迷惑、かけてしまうからです」

「では、それを止める方法は何ですか？」

セレスは不安げに逃げてきた方を見る。シトはこちらには来ていない。

「……私が死ぬか、あの炎を通って、私が魔法と決別するか、です」

「前の方法を、セレスさんは選びますか？」

セレスは弱々しくかぶりを振った。

「それでは……後の方法を、セレスさんは選びますか？」

セレスは頷かなかった。ジェスが深刻そうな表情で俺を見てきた。

「……つまり、セレスは魔法を手放したくないんだな」

しばらくしてから、セレスは頷いた。

どうして、と訊きそうな勢いのジェスを、俺は視線で制止する。

横顔を見て、俺はセレスの真意を悟った。これはもしかすると、ジェスにはむしろ分からないことなのかもしれない。

異世界ものの主人公のように優秀で、朝ドラヒロインのように前向きで、ディズニープリンセスのように力強いジェスには――。

「魔法が使えないと、自分にはノットのそばにいる価値がなくなってしまう――そんなふうにセレスは思ってしまうんだよな」

「そんな！　まさか、そんなこと、あるわけないじゃありませんか！」

そうやって、ジェスは当然、否定してくれる――いつか俺にそうしてくれたように。

だがそれは、ノットが言わなければ意味がない言葉なのだ。

俺やセレスのように自信のもてない性格では、客観的な励ましをもらっても、あまり効果がないのだ。当事者だった俺にはよく分かる。

セレスはつらそうに俯（うつむ）いたままだ。

「なあジェス、あの銀色の炎は、昔話の魔法使いの少女のように、運命に立ち向かう勇気がある人の運命を焼き尽くしてくれるんだろ。そうでなければ、その人は存在ごと焼き尽くされてしまう。セレスが心の底から確信をもって決断できないと、本末転倒かもしれない。俺やジェスが励ますだけじゃ、いけないんだ」

「では、どうすれば……」

ノットをここに呼べるだろうか？　それはなかなか難しいだろう。少なくとも、すぐに実現することではない。しかし、ノットを呼ぶしか――

「悩んでいるようだな」

目の前にシトが立っていた。

「あの不気味な男のところに置き去りにされたものだから、居心地が悪くて、つい来てしまった。別に聞き耳を立てていたわけではない」

髭面(ひげづら)の奥に表情を隠したまま、シトは黒い瞳でセレスを見る。

それから俺とジェスに目を向けて、言う。

「少し、セレス君と二人きりにしてくれないか」

「なにゆえ？？？」

俺は立ちふさがるようにしてセレスを庇(かば)った。

「なに、別に君みたいに邪(よこしま)な気持ちがあるわけではないし、当然、害意もない。セレス君にだけ、特別に私の秘密を話そうと思ったのだ」

「俺に邪(よこしま)な気持ちがあったことなんてないですが……本当でしょうね？」

「本当だ。信じなさい。龍族(ラチエルテ)は嘘(うそ)をつかない」

そんな論理パズルみたいなことを言われても……。というか秘密って何だ？

「豚さん」

ジェスは俺に呼び掛けながら立ち上がった。

「シトさんを信じてみましょう」

そのまっすぐな瞳を見て、俺はシトを信じるというジェスの判断を、信じることにした。

「では、あの炎の前で待ってます。話が済んだら、来てください」

「相分(あいわ)かった」

俺とジェスは、約束通り決別の炎のところへ戻った。そこに亡霊の姿はなかった。

結局、シトはセレスを無傷のまま連れ帰ってきた。

「……私、決めました。あの輪を——炎を、くぐります」

セレスの言葉は力強かった。

「本当ですか！」

ジェスが嬉しそうに声を上げた。セレスは頷いて、言う。

「わずかでも可能性があるなら……どんなに厳しい道でも、そちらを選ぶことにしたんです。何もなくなってしまうよりは、ずっといいことですから」

「よかった……私もその通りだと思います。立派なご決断です」

決断とは、何かと決別して断ち切ること。しばしば痛みが伴う。あまりにつらい運命を前にすると、決断するよりいっそ逃げてしまった方がいいように思えてくることもある。だが、逃げてすべてを失ってしまうよりは、自分の中で失うものを決めた方がいい。

「……いったい何を言ったんです？」

俺が訊くと、シトは松葉杖を持っていない方の肩を小さくすくめた。

「生きてさえいれば、そのうち必ず大番狂わせが起こる。そう伝えただけだ」

秘密の内容を話してくれるわけではなさそうだった。

しかし、大番狂わせとは。ノトセレの可能性をずいぶん低く見積もっているような気がしないでもないが、なかなかいい言葉だと思った。可能性がゼロでない限り、それを目指す価値は大いにある。セレスがきちんとその気になってくれただけで十分だった。シトがセレスにどんな秘密を話そうが、構わない。

セレスは炎の前に立った。背が低いぶん、灰色の岩でできた輪が大きく見える。炎はセレスの顔を白い光でメラメラと照らした。熱いのか、圧を感じるのか、セレスはその細い眉のあたりに、真剣に皺を寄せている。

長くはかからなかった。

セレスがずいと一歩を踏み出す。銀の炎が大きく燃え上がって、その全身を覆い隠す。

ジェスが「あっ」と声を漏らした。俺の視線も釘付けになる。一瞬、セレスを失ってしまったかと思った。炎は今や、大きな輪を包み込むほどになっていた。

しかしセレスは戻ってきた。炎の向こう側から姿を現したセレスは、今までに見たことがないような、確固たる足取りで歩いていていた。

隣でシトが顔を上げるのを見て、俺も空に目をやる。

「空が……」

俺が促すと、ジェスも上を見る。

「あ……」

空が——赤かった空が、溶けるように青へと変わっていく。いや、これは青と言えるのだろうか。水色かもしれないし、俺の知らないもっと難しい名前の色かもしれない。

確かに言えるのは、それが俺たちの忘れかけていた、本当の空の色だということだ。

セレスが戻ってくると、ジェスは駆け寄って抱きしめる。

「やりましたね！」

「はい……ご迷惑、おかけしました」

ホッとした気持ちになりながら、俺も二人の方へ歩いていく。

「よし、セレスの胸を確認しよう。楔が本当に、なくなっているかどうか」

真面目に言ってみたが、やはり拒否された。セレスの胸にあったあの光る亀裂は、ジェスによって消えていることが確認された。俺に確認する資格はなかった。

まあ、よしとしよう。

セレスに宿った楔は消えて、セレスが死なずとも、世界は元に戻っている。

「一件落着だな。なんだか割と、あっけなかった」

そう言う俺を見て、ジェスが首を傾げる。

「……あの」

「どうした」

「豚さん、まだしゃべっています」

遠回しに黙れと言われているのかと思い、優しいジェスをそこまで怒らせてしまったことを後悔する。

「悪かった。もう金輪際、セレスのお胸には一切興味を示したりしない。本当だ」

「……えっと、そうではなくて……この世界では普通、豚さんはしゃべりません」

そういえば、確かにそうだった。

もし超越臨界とやらが完全に終わったのであれば、俺はまた地の文に括弧をつけて会話しなければならないはずではないか？　なぜ普通に会話ができている？

「やはり」

振り返ると、黒いローブの人影が、フードの下からこちらを見ていた。

「儂がここに現れるということは、この国はまだ、完全には戻っていないということ」

豚もしゃべっているし。

「いったいどういうことですか？」

俺が訊くと、人影はしばらくじっと黙考した後、懐から一枚の紙を取り出した。服装との統一感を重視しているのか、真っ黒な紙だった。

そしてそれを、ジェスに手渡す。

「これは……」

「世界を戻すのに足りておらぬ、最後のひと欠けをそこに記した」

ジェスはすぐ、真っ黒な紙を表裏に返して記述を探した。その様子を見るに、何も書かれていないようだ。

「今は見えぬようにしてある。知る覚悟ができたならば、忘却の泉で洗うがよい」

意味ありげに、人影は俺の方に少しだけ顔を向ける。

不穏なことを言い放ったまま、返事も待たずに、人影は煙のように消えていった。

太陽が傾くと、青空は自然と夕焼けに変化していった。

俺たちは、日が暮れる前には塔に挟まれた広場に戻ってくることができた。

前の晩と同じように、白の塔で就寝の準備をする。自然と、明日の話になった。

「君たちがこれからどこへ向かうのであれ、私も同行しよう」

シトは一本足で壁に寄りかかったまま、淡々と言った。

「道中には危険が多い。きっと役に立てるはずだ」

「助かります」

言ってから、考える。次はどこを目指す？

「シュラヴィスと対話できる可能性は、ルシエ城の一件を考えると、かなり怪しくなっている。

せっかくセレスを自由にできたが、王朝が俺たちを信じないままセレスを奪い取ってしまったら意味がない。まずはちゃんとした交渉の場を設けることが必要だ」

セレスはもう眠っている。その横で布団に腰掛け、ジェスが言う。

「解放軍のみなさんを頼るというのはいかがでしょう？　セレスさんをきちんと守ってくださるはずです。王朝軍が攻める気になったとしても、停戦交渉という形で、交渉にもち込むことができるかもしれません」

「悪くない。悪くはないが……」

できるだけ、新たな争いのきっかけになるようなことは避けたかった。セレスが解放軍の手に渡ったことが知られてしまえば、王朝軍が攻め込んでくる可能性は十分にある。その場合、必ず停戦交渉にもち込める保証はない。

だが一方で、聞く耳をもたないシュラヴィスに対して、俺たちだけでセレスのことを納得させられる保証もなかった。

失敗は命取りになる。死ぬ必要のないセレスが殺されてしまったら――それこそ悲劇だ。

そんなことは絶対に起こらないよう、計画を練らなければならない。

「なるほど。かようなときは、敵軍も対応できないくらいの素早さが肝要だ」

シトは俺たちの会話から大体の事情を汲み取った様子だった。

「まずはまっすぐ、セレス君を解放軍へ渡しにいく。受け渡しを終えたら、君たち二人はすぐに王都へ向かって、陛下に停戦交渉を申し込む。その間に、セレス君は私を含めた解放軍の一部精鋭とともに、拠点を発って密かに王都へ向かう。追跡されぬ速さで移動していれば、攻め込まれることもあるまい。交渉の準備が整い次第、私たちが王都へ入り、セレス君を守りながら交渉の席に着く――そうすれば、王朝軍と解放軍の戦いは避けられるであろう。セレス君に魔力がないのを直接見れば、陛下もきっと、セレス君を殺さなくて済むと悟るはずだ」

「ほほう、なるほどです」

と納得するジェス。しかし上手くいくだろうか？

「あなたが王都に入れるでしょうか？　そもそも見つかれば、あなたは処刑されてしまう」

「それくらい、なんとかなるであろう。私を誰だと思っている」

髭面戦国クソ親父……？

「……分かりました、ではひとまず、その方向で動きましょう」

本当になんとかなるのか疑問が残ったが、そこは俺の心配することでもないだろう。

最悪の場合、シトが囮となって気を引いている間にセレスを逃がすことだってできるのだ。

カウベルの音が聞こえてきて、一安心する。

俺は喫茶店にいた。一度来たことがある店だ。クラシカルな雰囲気。壁に並べられたカップ。

店内は賑わっているが、周りで交わされる会話の内容は不思議と聞き取れない。

「お豚さん」

一番奥のボックス席に、院内着の少女が一人で座っていた。会うのは二度目で、まだあまり見慣れない姿だったが、特徴的な呼び方からブレースだと分かる。

「……他のみんなは？」

訊くと、彼女は返事をせずに、向かいの席を勧めてきた。よじ登ってお座りする。

俺にこの席を勧めてきたということは、ひろぽんはここにいないということだろうか。

これ、浮気にはならないよな……？

「今回までも何度か、お豚さんを呼び出そうとしていたのですよ。それでもお忙しいのか、なかなか来てくださらなかったものですから。ヒロコとサノンさんは、今日は来られないかと思います」

「ああ、そうか……すまない。ちょっとバタバタしていて、ここ数日、あんまり落ち着いて寝てなかったんだ。夢を見ることがなかった」

ジェスとセレスの間で寝たときは、一晩中夢心地で、とても夢どころではなかったし。

セレス受け渡しの件でケントと連絡を取ろうと思って、睡眠時間をしっかりと確保したのが功を奏したようだ。しかし肝心のケントがまだ来ていない。その場合は、ブレースに伝言を頼むことになるだろうか。

解放軍と安全にコンタクトを取るためにも、ケントとは一度話をしておきたかった。

俺の表情をどう解したのか、ブレースは心配そうな目でこちらを見てくる。

「……メステリアは今、大変なことになっているのですね」

「ああ。ちょっとずつ、よくなってはいるんだけどな」

「世界は、変わってしまうのは一瞬なのに、変えていくのには途方もない時間がかかります。お豚さんたちは、それを変えようとしているのでしょう。とても立派なことです」

「そうかな……ありがとう」

そんなことを考える人だったのか、と少し意外に思う。

俺がメステリアで出会ったブレースは、絶望していて、悲観的で、ただ違う世界へ行ってしまいたいと願う無口な少女だった。きっと本来は――つらい目に遭う前は、世界のことについて考えたりもする、思想家の少女だったのだろう。

「お豚さんは、どこか浮かないお顔をされています」

「そんなに顔に出てるか」

「はい。それはもう、ありありと」

「まあ……ちょっと悩み事が多くてな」

俺が言うと、ブレースはこちらへ少し身体を傾けた。

「一つは、ジェスさんのことではありませんか」

「……どうしてそう思う？」

「お豚さんは、私が戻ってきてほしいとお願いしたとき、とても悩まれているご様子でしたから。ジェスさんを置いてこちらに戻ってくることを、ためらっているのではないかと」

図星をつかれて、しばらく言葉を失ってしまった。

「……べ、別にそういうわけじゃ……言っただろ、こっちの世界でやるべきことがあって」

「そうでしょうか。お豚さんは、世界の行く末よりも、ジェスさんと一緒にいられるかどうかを、ずっと気にされる方かと思っておりました」

再び言葉が見つからない。

その通りだ——そうなってしまったのだ。ジェスと北を目指した、あの旅の終わりから。

少し悩んでから、ブレース相手になら、正直に話してもいいのではないかと思った。

「実は、ブレースの言う通りなんだ。そっちの身体が死にかけてるのは一大事だと思う。それに、もし死んでしまったらひろぽんたちにものすごく迷惑をかけるのも分かっている。でも俺はやっぱり、ジェスといることを諦めきれない」

早口に言ってから、ブレースを見た。

「なあ、どうすればいいと思う？」

しばらくしてから、ブレースはゆっくりと口を開く。

「私には、分かりません。適切な助言をすることも、できないと思います」

まあ、そうだろうな。

俺とジェスのことをよく知っているのは、きっと、俺とジェスだけだ。他の人に——ましてあまり言葉を交わしてこなかったブレースにその答えを求めるのは、筋違いというものだ。

「……でも一つ、お伝えしたいことがあります」

「何だ？」

ブレースは穏やかに微笑(ほほえ)む。

「どうしていいか分からなくなったときは、道しるべになる星を探すのですよ」

それはどこかで聞いたことのある言葉だった。

「北方星(サルビーア)を知っていますか。メステリアの北の空に、輝き続ける願い星です」

「ああ。赤くてきれいな星だ」

「そうです。道に迷ったときは、願い星が方向を教えてくれます。どうやって生きるか分からなくなったときは、お豚さんにとっての願い星を探すのです」

「なるほどな……」

俺にとっての星が何かなんて——そんなことは、決まっていた。

「ありがとう。参考になった」

「お力になれたのであれば、幸いです」

ブレースがゆっくり頭を下げると、院内着の胸元が緩んで大変危うい感じになる。

咲き誇るヒマワリの眩(まぶ)しさに、視線が釘付(くぎづ)けになった。

周囲のカラフルなランプに燦然(さんぜん)と照らされて、その豊満な球体の全貌が——

「Merlin's beard!!(おどろき桃の木)」

横から突然聞こえてきた声に、慌てて振り向く。

フリフリのドレスを着せられたイノシシが、床から俺たちを見上げていた。

「ケント！　来てたのか」

本来はケントと話すのが目的だったのだが、間が悪く、歓迎しない響きが出てしまった。

「はい。つい今しがたここへ。お隣、失礼します」

イノシシはそう言いながら、俺の隣によじ登ってきた。

至近距離で、俺の方を見てくる。

「この密会(デート)のこと、ジェスたそ(さん)には内緒にしておきますね」

ずいぶんアクロバティックなルビの振り方をするんだな……。

「ようやく会えました。色々と、ロリポさんと話したいことがあったんですよ」

「こっちもだ」

そんな俺たちの様子を、ブレースは向かいの席でお茶を飲みながらじっと眺めていた。

豚とイノシシで、互いに近況報告をする。信頼できる仲間だ。極力包み隠さず話した。

こちらはセレスとの旅のことや、シトのことを話す。ケントは解放軍の現状を分かる範囲で説明してくれた。解放軍の幹部は今、ミュニレスにいるらしい。なかなか情報を出し渋ってくるらしいが、会って話すことはできるので、こちらの要望を伝えることは可能だという。

セレスの潔白を示すため、シュラヴィスとの面会を実現するのに力を貸してほしい――そう伝えると、ケントは頼もしく頷いてくれる。

「セレスたそのためなら、みんな力を貸してくれるでしょう。そちらにシトさんがいるのも心強いですね……ちょっとだけ懸念はありますが」

「懸念っていうのは？」

「いや、戦力としては頼もしい限りなんですが、イツネさんやヨシュさんは、シトさんのことをかなり嫌っているはずでしょう。あまり会いたがらないかもしれません」

「そうだな……じゃあ、シトがいるというのは、誰にも伝えないでおいてくれ。俺が勝手に連れてきたことにして、引き合わせる」

「了解です。じゃあああとは、いつどこで会うか、ですかね」

イノシシのつぶらな瞳を見ながら、考える。気を付けなければならないことがあった。

「そういえば、一つ気になることがあったんだけどな……」

俺は、セレスが失踪したという事実をシュラヴィスが早々に知っていたことを説明した。解放軍の幹部たちが盗聴、もしくはスパイされている可能性があるのだ。のこのこセレスを連れていって、交渉より前に、シュラヴィスにセレスの居場所を知られてしまっては困る。

「あー……」

と、ケントはさほど意外でもなさそうに受け止めた。

「それは王朝軍の動きから、みんなも疑ってたみたいで。調べてみたら、活動場所を提供してた男(奴ら)が王朝軍と内通してたようなんです。ランタンに盗聴用のリスタが仕込まれていました。場所を変えたので、まだしばらくは大丈夫だと思いますよ」

ケントはさらっと言うが、シュラヴィスもだいぶえげつないことをしたものだ。

ジェスにはＧＰＳ代わりのブレスレットを与え、解放軍の潜伏場所は盗聴する。

少なくとも、仲間や、友好関係を取り戻そうとする相手にすることではなかった。

本当に変わってしまったのだな、と思う。

「すまないな。シュラヴィスには友好的になれと伝えようとしてるんだが……どうも最近は、あいつと連絡をとることさえ難しくて」

「気にしないでください。オレだって、ヌリスのおかげで解放軍(内部)にいられてますが、大切な話し合いからは外されてしまうことが多くなって……力不足で、慚愧(ざんき)に堪えません」

ギリギリと悔しそうに牙を鳴らしてから、イノシシはこちらに向き直る。

「まあ念のため、こっちの拠点(隠れ家)では会わないようにしましょう。ミュニレスの西の端、水の聖堂の裏手にある噴水広場に来てください。約束の時間に、こちらから人を行かせます」

「助かる。この夜が明けてから、翌々日の正午でもいいか」

「ずいぶん遠くにいるんですね……承知しました。確かに伝えておきます。王朝軍の兵士は割と出払っているようですが、セレスたそとシトさんがいるんです、くれぐれも気を付けて」

「ありがとう。よろしく頼んだ」

それからしばらく、ブレースを巻き込んだりしながら文字に起こすほどでもない愉快なオタクトークをしているうちに、朝が来て、日差しで目が覚めた。

「なんだか浮気のにおいがします」

と目敏く俺を嗅ぎ始めるジェスに対して、俺は弁明に追われた。


丸二日かけて、南部の商業都市、ミュニレスに到着した。

懐かしい街だ。俺たちが最初の旅で、囚われの身となったブレースと出会った街。今も変わらず大きな建物がひしめき合うように立ち並んでいて、人々や馬車が広い表通りを盛んに行き交っている。空が普通に青いのが嬉しかった。

いい天気の昼間だったが、俺たちは薄暗い裏通りを選んで通った。

「この街で、解放軍の者と待ち合わせをしているのだったな」

シトは人目を気にしながら歩いている。左脚がない松葉杖の男は目立つ。王朝の関係者に見つかれば、すぐさまシュラヴィス暗殺未遂の犯人として捕らえられてしまうだろう。シトを調べられているうちに、セレスに気付かれてしまうのもまずい。

「そうですね。正午なので、もうすぐです」

俺が言うと、シトはゆっくりと息を吐く。

「君たちには世話になった。礼を言う」

するとジェスが、とんでもない、と手を振る。

「いえ、私たちこそ、シトさんには助けてもらってばかりで、何もできず……」

「そんなことはない」

シトは迷いなく断言した。

「私はずっと、自分のために生きてきた。すべてを失った後に、こうして人のために何かをする機会が与えられたのは天運であろう。私のもとに君たちが来てくれたおかげで、ようやく新たな目的が見つかった。そのことについて感謝しているのだ」

言っていることがよく分からなかったが、俺は適当に頷(うなず)いておいた。

シトのために何かした覚えはなかった。しかし向こうが感謝してくれているのなら、それに越したことはない。

セレスの後ろを保護者のように歩きながら、シトは独り言のように呟(つぶや)く。

「どん底から宮仕(みやづか)えまで経験してきて、一つ分かったことがある」

シトがこうやって自分から語るのは意外だった。

「結局世界を勝ち抜くのは、私のように自分勝手で攻撃的な者ばかりということだ。本当は、君たちのように、他人思いで優しい人が舵を取らねばならないのに。五〇年ほど自分勝手に生きてきて、それが私の至った結論だった」

　まるで遺言のようなことを言う。

　否定の言葉を探している様子のジェスに、シトは真剣なまなざしを向ける。

「どうか君たちには、私よりもっとまともに、少しでもマシな方法で生きてほしい。……もし機会があったら、子供たちにもそれとなく伝えてくれないか」

　ジェスが困惑した様子で言う。

「これからの待ち合わせには、きっとイツネさんやヨシュさんもいらっしゃいます。シトさんから、直接お話しされたらいかがですか」

「この私に、そんな説教じみたことを子供たちに言う資格はない。そもそも、まともに口をきく権利さえないのだ」

　シトは首を振ってから、なぜか嬉しそうに言う。

「頼んだよ。君たちが希望なのだ」

　前方に目的の水の聖堂が見えてきて、俺たちはそこで会話をやめた。

　ジェスが周囲をあらかじめ偵察して安全を確認したうえで、目的地へ向かう。

　約束の噴水広場で、姉弟が俺たちを待っていた。

「はああああ？　聞いてないぞ、おい」

顔を隠した松葉杖の男を見た瞬間、イツネが驚きを隠さずに言った。

ヨシュも不快そうに眉をひそめる。

「どういうつもり？」

二人は馴染みの大きな武器を携行していて、すでにいつでも取り出せるようにしている。

「やめておきなさい。腕相撲ですら私に勝てた試しがないであろう」

「てめぇいつの話してんだよ」

イツネが呆れたように言った。ヨシュが加勢するように冷たく言う。

「今さら父親面しないでくれるかな」

我が子たちに最初から突っぱねられ、シトはやれやれと噴水のそばに腰を下ろした。

出世第一のクソ親父。大切な人を王朝に差し出した裏切り者――それがイツネとヨシュにとっての、シトのほとんどなのだ。

二人は野良犬でも見るような目で父を一瞥すると、セレスに笑みを向けた。ヨシュが言う。

「無事戻ってきてくれて、よかった」

「……ありがとうです」

「あんたたちが面倒見てくれてたんだって？」

イツネに訊かれて、ジェスが躊躇いがちに頷く。

「はい。面倒を見ていたというよりは……一緒に逃げていたという感じですが」

ヨシュがいつもの三白眼で俺を見てくる。

「ケントから聞いたよ。楔の件はだいぶ解決したんだって？」

その目が空を見上げる。気持ちのいい春の空に、雲がぽつぽつと浮かんでいた。

「そうだ。後はシュラヴィスと交渉して、もうセレスを殺す必要がないのだと、きちんと納得してもらいさえすればいい」

それを聞いて、イツネがため息をつく。

「またまただいぶ難しい注文だね。陛下、たいそうご乱心のご様子じゃないか」

「セレスさんを守るためなんです、どうか、ご協力お願いします」

深々と頭を下げるジェス。ヨシュがひらひらと手を振る。

「いいんだけどさ。そのために来たんだし」

二人はもう、座ってじっとしているシトには見向きもしなかった。

「でも本当に大丈夫か？　あたしたちでセレスを連れていくのはいいけど、あいつが本当に取り合ってくれる保証はある？　招待移住の話、あんたたちだって聞いてるよね？」

「招待移住……」

ジェスが呟いた。エザリスの一件もあって、なんだか嫌な感じがする言葉だというのには気付いていたが、俺たちには、イェスマを招待して王都に移住させる施策、という情報しか入っていない。他のことで手一杯だったから、詳しく考える余裕もなかった。

ヨシュが厳しい口調で説明する。

「南部のこの辺りはまだマシだけど、王朝軍の奴ら、イェスマだった子たちをどんどん強制連行し始めてるんだ。彼女たち本人の意思とは関係なくね。嫌だと言っても連れて行かれる。招待なんて名ばかりだ。元イェスマの子は全員例外なく、強引に連れ戻そうとしてる。解放軍に関係してた子も、もう何人か連れ去られてるんだ」

「やっぱりそういうことだったのか……」

俺は悔しさに歯を食いしばった。ルシエ城で連れ去られてしまったエザリスも――お爺とは離れたくないと言っていたあのエザリスも――きっと俺たちのせいで、王朝軍に見つかり、強制連行されてしまったのだろう。

招待移住という名前で誤魔化しているが、結局は、招待などではなく、強制なのだ。

融和のための施策ではなく、そのふりをしているだけの一方的な計画。

首輪の外れたイェスマ――魔法使いの少女たちが野放しになっている状況は、王朝にとっては、やはり危険すぎて放置できないものだったのだろう。

そして現状、王朝にとってセレスはもっと危険な存在だ。生かしておけば世界の混乱が収まらない、そうシュラヴィスはまだ信じているはずなのだから。

ジェスが衝撃を受けた様子で胸に手を当てる。

「そんな……シュラヴィスさんが……」

「だからジェスちゃん、あんたは陛下を信頼してるみたいだけど、結局はそんなことしてるような奴なんだ。ちゃんと話を聞いてくれるか分からないよ。ぬけぬけとセレスちゃんを連れてくわけにはいかないし、そもそも連れてったところで、あたしたちと会おうとしてくれるかだって、分からないじゃないか」

イツネの言うことはもっともだった。

しかしジェスは、涙目で反論する。

「シュラヴィスさんは、きちんと話の通じる方です。本当は、とってもいい人なんです」

「あたしもそう思ってたよ。でも違ったんだ」

「シュラヴィスさんは……ご家族が次々と亡くなって、責任と仕事がいっぺんに降りかかってきて、それに魔法が間違った方向に暴走して……それでおかしくなってしまっただけです。根っこにはまだ、必ず思慮深くて合理的な部分が残っています。きちんと説明すれば、分かってくださるはずです」

ジェスはとても優しい。シュラヴィスが俺たちにしたことを踏まえて、なおシュラヴィスの側に立とうとしている。いつだかホーティスが兄を擁護していた姿が重なってしまった。

ヨシュが冷たい声で言う。

「君もあの全裸おじさんもそう言うけどさ、俺たちだってそんなに甘くないんだよ。客観的に何をされたかで判断してる。まあ俺たちも、強引にやりすぎて、あいつの母親を追い詰めちゃったわけだけど……あいつは俺たちを騙そうとしたうえに、今じゃイェスマ解放とは別の方に動き始めてる。結局はあいつも、クソみたいな父親と同じだった」

「違います……シュラヴィスさんを育てられたのは、マーキス様ではなくて、お母様です。ヴィースさんが、一生分の愛を注いで、すべてを教えてこられたんです。私もヴィースさんから大切なことをたくさん教わってきました。話せばきっと、伝わります」

シトが少し反応して、首を動かした。俺の視線に気付いたのか、ぼそりと言う。

「お前たちだって、私には微塵も似ていないであろう。子がダメ親父に似る道理はない。なぜなら、ダメ親父は子を教え導こうとしないし、子に顧みられることもないからだ」

説得力があるんだかないんだか分からないことを言って、立ち上がる。

「不安があるなら、こうすればいい。私を罪人として、お前たちが引き渡しに行く。そういうテイにするのだ。相手が謀反人を差し出してくるというのに、逃げていては沽券にかかわる。さすがの陛下も出てくるであろう。そこで不意打ち的に、セレス君を見せる。セレス君に魔力がないのを目の当たりにすれば、陛下もすぐには手を出さないだろう」

姉弟は何も言わない。俺が問う。

「いいんですか……？」

「いいとは？」

何か問題でも、という目がこちらに向けられた。

「いやだって……そんなことしたら、きっとあなたは殺されます」

「そのくらいなんとかしてみせる」

本当になんとかなるのだろうか。

「ま、あたしは、そいつがそう言うならいいと思うけどね。別に処刑されたところで、あたしたちは困らないし」

イツネがそっぽを向いたまま言った。するとヨシュも賛成する。

「そうだね。ちょうどいいかも。そいつは王朝に差し出される気分を一回味わった方がいい」

「よし、決まりだ」

当のシトがそう言うので、俺とジェスにも異論はなかった。

こうして、龍族親子三人が、護衛としてセレスを王都に送り届けることとなった。

俺とジェスは、事前の準備を済ませるべく、急ぎ王都へ戻らなければならない。

「……あの」

と言いづらそうにセレスが切り出した。

「ノットさんは、今どこに？」

訊かれて、姉弟は少し顔を見合わせた。ヨシュが言う。

「どっか行っちゃった」

え、とセレスの口から声が漏れる。

「あ、いや、大体どの辺りにいるかは知ってるんだけどさ。今は連絡が取れないんだ。でも、もうすぐ戻ってくると思うよ。多分ね」

本当だろうか。王朝寄りの俺たちに知られたくなくて、嘘(うそ)をついているのかもしれない。しかし、せっかく協力してくれる二人をここで疑うのも筋違いだろう。

「じゃあイツネ、ヨシュ、頼んだぞ」

ヨシュが振り返ってくる。

「俺たちはケントとヌリスに同行してもらう。連絡があるときは、ケントを通してね」

「分かった。こっちは先に王都へ行って、解放軍がシトを連れてくるということを、どうにかしてシュラヴィスに伝えておく。安心して王都に入れるようできる限りの準備をする。そっちも早めに来てほしい」

「はいよ」

「セレスさんも、くれぐれもお気をつけて」

ジェスが念を押すように言うと、セレスはこくりと頷(うなず)いた。

「あの、色々と、本当にありがとうです」

「困ったらまた、お姉ちゃんを頼ってくださいね」

「はい……お姉ちゃん……」

✂お姉ちゃん✂

——お姉ちゃん。

お姉ちゃん。お姉ちゃん。お姉ちゃん。お姉ちゃん。お姉ちゃん。お姉ちゃん——

脳内の妹フォルダを潤しているうちに、俺とジェス以外には誰もいなくなっていた。

針の森の東側はすっかり黒い焼け野原になっていた。焦土の中で、燃え残った幹が杭(くい)のように乱立している。視界に映るすべてがそうした荒野になっているのは、衝撃的な光景だった。燃えてしまった森の中には、王都へと続く一本の広い道が急造されて、そこを王朝軍の馬のいない馬車が行き交っていた。何かを王都へしきりに運び込んでいる様子だったが、何を運んでいるのかは、外から見ただけでは分からない。

馬車道の入口付近には王朝軍の兵士が集まっていた。ジェスがそこへ果敢にも交渉しに行って、自分たちを王都へ運ぶ馬車を一台分手配してくれた。

セレスのいない今、俺たちはすでにお尋ね者ではなく、王朝内部の人間と認識されているようだった。周りを詳しく調べられたが、結局は馬車を使う許可が下りた。焼け野原を歩くのは気が滅入(めい)っただろうから、とてもありがたかった。

まっすぐな一本道なので、道に迷うこともない。馬のいない幌馬車(ほろばしゃ)はジェスの魔法でガタンゴトンと順調に走った。俺とジェスは横並びに座って、まだどこか焦げ臭い空気の向こうに王都を眺めた。

幌馬車の天井が破れて何かが落ちてきたのは、道を三分の一ほど進んだときのことだった。何の前触れもなく落ちてきた何かは、大きな衝撃とともに、馬車の荷台に積まれていた材木の中に埋もれてしまった。

「何だ？」

投石でも受けたかと思って、荷台を振り返った。

「馬車、止めますか？」

「──そのまま進めろ」

俺ではなくて、材木に埋もれた何かが返事をした。ノットの声だった。

「……分かりました」

ジェスは馬車を止めない。もう一度振り返ってみるが、材木の山が崩れて、ノットらしき人間の姿は全く見えない。

「埋まっちゃってるみたいだけど大丈夫か？」

「大丈夫だ、問題ねえ……むしろ外から見えねえ方が好都合だ」

間違いなく、確かにノットの声だった。

「ノットさん……どうしてこちらにいらっしゃるんですか？」

ジェスも材木の山に向かって訊いた。

「見張ってたんだ、セレスや馴染みのイェスマが運ばれてくるとしたら、この道だからな」

なるほど、と合点がいく。今、何かをしきりに王都へ運び込むとしたら、一番可能性が高いのはイェスマだろう。この大きな道は、国じゅうから招待してきたイェスマを王都へ運び込むために使われているのだ。

「セレスはいねえのか」

ノットの問いに、ジェスは心の声で答える。

――こちらにはいません。イツネさんたちと一緒です

――そうか……

――まあそういうことだ。邪魔したな

〈俺たちがセレスを運んでると思って、乗り込んできたのか？〉

ガラガラと、材木をどける音が聞こえてきた。

――待ってください！

とジェスが呼び止めた。

――セレスさんは、すぐに王都へいらっしゃいます。内密に来られますから、戻って合流するよりは、王都で待たれていた方が、会いやすいかもしれません

――来るって？　この状況で？　何のために？

ジェスと顔を見合わせる。あまり細かいことを馬車の中で話すのはよくないと思った。

俺たちは回答を保留し、そのまま、ひそかにノットを連れて王都の中に入った。

ノットは煤だらけでひどい有様だった。燃えた後の針の森を歩き回っていたのだろう。まず風呂に入ってもらって、それから俺たちは盗み聞きされないようジェスの実験室へ移動した。

実験室は、誰かがうっかり魔法を爆発させてもいいよう、堅牢なつくりになっている。岩を掘って作られた空間には、光を取るために申し訳程度の窓が開いていた。

そこで俺たちは、セレスについてできる限りのことをノットに話した。

「そうか……ひとまずはよかった。礼を言う。……だが失敗だったな」

ノットが悔しそうに舌打ちをするものだから、ジェスが不安そうに首を傾げた。

「いや、こっちの話だ。針の森を燃やしたのは、万が一にでもセレスが王都へ行かねえよう妨害するためだった。だが遅かったってわけだ。むしろセレスを怖い目に遭わせちまった」

「針の森を燃やしたのは……ノットさんだったんですか？」

ジェスが驚いた様子で口に手を当てた。

「そうだ。もともと燃やすつもりで、計画を立ててたんだ。火を放つ場所を計算して、景気づけの燃料もすでに配置してあった。本当はもっと後でやるつもりだったが、セレスがいなくなって、今しかねえと実行に移した。どうせ王朝さんとの全面戦争は避けられねえからな」

さすがに一人ではなく、配下の者たちを指揮して決行したらしい。しかし以前に「いつか燃やしてやる」と豪語していたのを本当に実行に移すとは、大した男だと思った。

「針の森を燃やせば、セレスが王都に辿り着けなくなると思ったんだな」

「ああ。だがセレスの移動が思ったよりも速かった。先を越されてたとはな」

やれやれとため息をつくノット。ジェスが優しく尋ねる。

「それからもずっと、ノットさんはセレスさんを捜していたんですか？」

「そうだ」

だが見つからず、手掛かりもなく、しまいには煤まみれになって王朝軍を監視していた。ヨシュもそれを知っていて、「どっか行っちゃった」などと言っていたのだろう。

ジェスが微笑む。

「ずっと捜していたこと、セレスさんに言ったら、きっと喜びますよ」

「はあ？」

ノットの眉が歪んだ。

「あいつは知らなくていい。俺に迷惑かけてたと思って、気に負っちまうだろうが」

確かにそれも一面の真実ではあった。セレスなら確実に、一言目に「ご迷惑おかけしてごめんなさいです」だなんて言って、深々と頭を下げるだろう。

「それでもいいんです。言ってください」

ジェスは引き下がらなかった。ノットも引き下がらない。

「なぜだ」

「ノットさんにずっと捜してもらえていたと分かれば、セレスさんも嬉しいからです」

年下の男の子に恋愛のイロハを教えるような、そんな口ぶりだった。

「嫌だな。そんな恩着せがましいこと、俺は言わねえ」

「そうですか。じゃあ私が言います」

やたら頑固なジェスに、ノットは少し驚いた様子だった。

「なんでお前が言うんだよ」

「ノットさんが言わないからです」

「ああ？」

二人とも喧嘩しないでくれ……。

しかしノットの朴念仁っぷりは相変わらずだ。自分の気持ちは語らず、やるべきことは黙ってさらっとやってのける。有言実行どころか、いわば無言実行。それがノットのいいところでもあり、悪いところでもある。セレスのように自分がどう思われているか不安になってしまう性格の人には、わざわざ言ってあげた方がいいときもあるのだ。

人間というのはやはり面倒だが、まあそういうものなので仕方ない。

俺たちはノットとともに過ごしながら、やるべき仕事にとりかかった。

シュラヴィスと話そうとする試みは、結局すべて無駄に終わった。シュラヴィスの居場所を囲む壁はどんなに爆破しても再生し、俺たちの前に立ちはだかった。ノットは「街を壊しまくってれば止めにくんじゃねえのか」とテロリストみたいなことを提案してきたが、ジェスが首を縦に振らなかった。

結局、上司書長のビビスを通じて、要求を伝えてもらうことにした。

しかし結果は芳しくなかった。空の色は戻ったものの、まだ世界にはちらほらと異常が残っている。豚はしゃべるし、王宮図書館の時計の針は血の滴る腕のままだ。ルタから受け取った「最後のひと欠け」が書かれているはずの紙も、それを読めるようにする「忘却の泉」というのが何か分からないから解読不可能だった。

世界が完全に戻らない限り、シュラヴィスは態度を変えるつもりがないらしい。

ビビスによると、シュラヴィスの命令は一方的で、「元イェスマを見つけ次第、捕らえて王都に連れ戻せ」「セレスは捕らえ次第処刑する」というところから一歩も譲らないという。

どうしてこんなことになってしまったのか、俺にもジェスにも分からなかった。せめて話さえ聞いてくれれば、セレスが死ななくていいということを分かってもらえるはずなのに。なぜそれにすら応えてくれないのか。なぜここまで一方的で、俺たちを排除しようとするのか。

「それがあいつの本性だったってことだろ」

ノットは俺たちの様子を見て冷たく言った。

しかしその表情には、かつての仲間に裏切られた悲しさが滲んでいるように見えた。

純真なジェスの顔がどんどん失望に沈んでいくのが、近くで見ていてつらかった。

結局穏便には済まず、計画通り、謀反人のシトをだしにするしかないようだった。

こちらに関しては、シトの想定通り上手く運んだ。やはり王家を近くで見てきただけある。

解放軍が罪人を連れてくるという話をビビスに伝えると、ビビスはシュラヴィスから受け取った手紙を俺たちに授けた。

そこには挨拶も温かい言葉もなく、ただ日時と場所が記されていた。

――明日　日没の刻　金の聖堂

歴代の王を祀る巨大な聖堂の内部には、分厚いガラスの壁ができていた。

俺たちは正面からしか入ることができず、扉を入って少し歩けば、目の前にガラスの壁が立ち塞がっている。床から天井までを覆う、巨大な透明の壁だ。ヴァティスの棺や玉座といった主要な構造は、すべて壁の向こう側にあった。

シュラヴィスのメッセージは明確だ。

対面はするが、お前たちにこちら側へ来させるつもりはない。黙って罪人を差し出せ。

そういうことだろう。

ジェスの手引きで、シトたちは王都へ入った。シトは全身黒ずくめで、頑丈そうな鎖を使って後ろ手に縛られていた。ノットがシトを連れて先頭を歩くことになった。イツネとヨシュがその後ろに続く。二人は目深にフードを被った少女を連れている——セレスだ。

彼らに同行してきたケントとヌリスは、無用なリスクを避けるため、聖堂の外で見張りをしながら待機することとなった。ジェスと俺はシトたちとともに聖堂内で対応する。

今回の目的はただ一つ——セレスが死ななくていいとシュラヴィスに確認させること。たったそれだけだ。

そのためのシトであり、そのためのノット、イツネ、ヨシュである。シトが自らの身柄を賭けてシュラヴィスとの対話の機会をつくり、解放軍の三人が肝心のセレスを守る。

ジェスと俺も、万が一にも不測の事態が起こらないよう、気を配らなければならなかった。

日没より少し前から、聖堂の中で待つ。シトも警戒しなくてよいと言っていたが、不意打ちの兆候はなさそうだった。金の聖堂の周りは俺たちが事前に確認した通り静かだったし、これから何か動きがあれば、見張りのケントやヌリスが知らせてくれる。

緊張の中、日没の鐘が鳴り響いた。

ガラスの向こうにはまだ誰の姿もない。何かが上手くいっていないのではないかという不安が、もやもやと俺たちの周囲に漂い始める。

ふと、シトが顔を上げた。髭に覆われたその口元が動く。

「いらっしゃった」

何も見えない。ガラスの壁の向こうの、どこにもシュラヴィスの姿は見当たらない。

ジェスの瞳が素早く動いて、玉座の周囲で止まる。

「あっ」

ジェスが漏らした声で、気付く。陽炎のように、空気が揺れているのが見える。玉座の周囲に何かを隠しているかのごとく、景色が揺らいでいる。

その揺らぎが風のように消えたとき、玉座の王が姿を現した。

紫色の法衣を纏い、威厳ある姿をしたシュラヴィス。蒼白な顔に冷たい目を光らせて、こちらを見下ろしている。その顔には微笑みの欠片もなく、ただ冷淡な、父そっくりの表情が貼り付いているばかりだった。そして右手の中指には、透明な結晶の輝く指輪。

俺たちが一緒に戦ってきた友人の面影は、もうそこにはなかった。

誰かがその身体に乗り移っているのだと信じる方がよっぽど容易いように思える。

「最期の言葉を申せ。その間だけ待ってやる」

有無を言わさぬ淡々とした声が壁の向こうから響いてきた。どうやら、ガラスの壁には魔法がかかっており、声が伝わるようになっているらしかった。

ノットはシトに肩で押されて、後ろに下がった。シトが一人、前に出る形となった。

シトは後ろ手に縛られながらも、片脚しかないその身体で深く跪き、首を捧げるかのように前傾して敬意を示す。

「このところ空の色が心地よく、大変過ごしやすい日々が続きます。陛下の世が善く治まっている証拠でありましょう」

「早く本題を言え」

「まさか聡明(そうめい)な陛下が、この変化にお気付きでないはずがない。この世界は確実によい方向へと向かっております。そして私は原因を知っている——今ここに、連れてきている」

シトが合図をすると、イツネとヨシュがフードを被(かぶ)った少女を素早くその横に連れ出した。

セレスが顔を上げた。全身を覆っているのは、チェインメイルのように細かい鎖を編んだ、重々しい見た目のローブだった。すぐ後ろでイツネとヨシュが警護している。

シュラヴィスが、セレスを見て眉根を寄せた。シトが素早く、セレスの前に腕を出す。

「まさか罪人より先に、罪なき少女に手をかけることはありませんでしょう。落ち着いて、よくこの少女を見てみるのです。この少女には、もう魔力がない。この少女の身体(からだ)から、楔(くさび)はすでに失われております」

シュラヴィスは指輪をした右手を顎にかけ、玉座の上からセレスを見下ろした。

表情を変えずに考えるその姿は、彫刻か何かのようだった。

「かような道理も分からぬ王に、断罪されるいわれはありませぬ。もしこの少女を許すとここでおっしゃらなければ、私はこの国を、陛下を、陛下の子々孫々(ししそんそん)を、口汚く呪い罵(ののし)りながら死んでみましょう」

シトは低く響く声で滔々と宣言を続ける。

「この少女を許すとおっしゃるのであれば、私はここで罪を認め、陛下を祝福しながら死んでいきましょう。簡単なことです。お考え下さい」

この男の言い分は、俺がシュラヴィスの首を絞めるマーキスを挑発したときにそっくりだった。シュラヴィスはその父同様、高いプライドを抱いて生きている。それを熟知したうえで、シュラヴィスに一番効きそうな言葉を選んでいるのだ。

しかし、と同時に思う。

こんなことを言ってしまえば、もうすでに、この男に――シトに、生きる道など残っていないも同然ではないか。セレスが救われようが、シトの運命は変わらない。今すでに、シトがその口で決定してしまった。それとも、このまま逃げ延びる道があるのだろうか？　厚い壁の向こうで不死の指輪をしたシュラヴィスを、倒す術でもあるのだろうか？　そしてもし逃げ延びたところで、はたしてこの男が、逆賊の汚名の上からさらに大嘘つきの汚名を背負ってまで生きていくだろうか？

シトは最初から、命を投げ出すつもりだったのではないか。

忠義を――生きる方法を捨ててしまった忠臣は、命を棄てる覚悟でここへ来たのだろうか。

シュラヴィスはしばらく、その鮮やかな翡翠色の瞳でセレスを検分していた。セレスが震えているのが分かる。ジェスが俺の隣で胸に手を当て、成り行きを真剣に見守っている。

この聖堂では、いつだって事件が起こってきた。

セレスが許されて終わりならばいいが、ここではそうならない可能性もある。

すべてはシュラヴィスの——すでに内心の分からなくなってしまった絶対の王の判断に委ねられている。

「……よいだろう」

シュラヴィスはあくまで冷たく言い放った。

「この少女にはもう何もない。命を取る理由もない。追っ手もすべて引き上げさせよう」

「……は。賢明なご決断、心より感謝いたします」

氷のような緊張が、少しだけ緩むのが分かった。

セレスが助かった。もう逃げる必要はないのだ。そして王朝と解放軍の争いの火種でもなくなった。俺たちの第一の目的は達成された。

ジェスの胸に当てられていた手がすっと安心したように下がるのが見えた。

後は、どうこの場を終わらせるか。

シュラヴィスは相変わらず、冷たい目でシトを見下ろしている。

「わざわざここまで来て、お前の話したかったことはそれだけか」

それを聞いて、五臓六腑が揺さぶられるような気持ちになった。

それだけ——それだけとは何事か。俺たちはセレスの命を助けてもらうために、ここまでして、必死に対面の場を作ったのだ。シトは己の命さえ賭けてここへ来た。

シュラヴィスには、そんな俺たちの気持ちさえ分からなくなってしまったのか。

「まだ話を聞いていただけるのであれば……どうか、死に様を選ばせていただけませんか」

シトは調子を変えずに言った。シュラヴィスは吐き捨てるように答える。

「裏切り者には犬の餌ほどの価値もない。手続きに則って処刑するのみ」

それだけ言って、シュラヴィスは玉座から立ち上がろうとする。

シトは少し頭を下げて、呼び止める。

「異国に伝わるハラキリという伝統を、いつだったか教わりました」

サノンは本当に余計なことを教えるものだと思った。ヤキニクだけではいけなかったのか。

「勇気ある真の兵は、自らの不始末の責任をとるとき、腹の内を見せて死ぬのです」

立ち上がりかけていたシュラヴィスは、玉座に再び腰を下ろす。

「ほう。それで」

「陛下に手をかけようとした罪、ここで、私自身の命によって償いたく存じます」

その後ろでイツネが、動揺した様子で「おい」と声を漏らした。

シトはこの場で腹を切って死ぬつもりなのだろうか。俺たちがいるこの場所で？

「私の犯した愚行は、ここにいる者たちとは一切関わりがございません。この命に免じて、解放軍のことも、どうかお赦しいただけませんでしょうか」

その訴えは、尋常ではない気迫を帯びている。低くても、それはよく通る声だった。分厚いガラスの壁の向こうで、シュラヴィスの顔が嫌悪に歪むのが見えた。

「……お前の命に、そんな価値はない」

素早い動きで、今度こそシュラヴィスは立ち上がった。踵を返して、法衣をひらりと翻す。

その背中に向かって、シトは大きく口を開く。

「聞け！」

まるで龍の咆哮のような声。びりびりと、聖堂全体が震えるかのようだった。

シュラヴィスはこちらに背を向けたまま立ち止まった。

その顔は見えなかったが、きっと怯えているのだろうと思った。そうであってほしかった。

「私が陛下に手をかけたのは、決して解放軍のためではありません。私はノット君が生まれる前から、ずっと王朝を憎んでいた。私は心より愛する人を、王朝の仕組みのせいで失った。王朝に奪われた。解放軍が結成されるよりずっと前から、王家が憎くてたまらなかった」

かつて忠臣だと思っていた男から憎しみをぶつけられ、シュラヴィスの肩が揺れる。

「ではもっと早く、殺せばよかったではないか。龍族のお前になら、いつでもできたはずだ。父上亡き後、お前にはいくらでも機会があった」

「もちろん憎かった。王朝を燃やしかねない炎が、ずっと心の中で燃えておりました。しかし私は……陛下がいるから、そうしなかった」

「どういうことだ」

シュラヴィスは相変わらず背を向けていたが、シトの話に聞き入っている様子だった。

「なぜ俺がいるから復讐をしなかった」

シトはシュラヴィスの方をまっすぐに見据える。

「陛下の目は……母君の強さと賢さと優しさを、受け継いでおられた。一度はそれを信じてみようと思ったのです」

シュラヴィスがこちらを素早く振り返る。その顔は激昂し、歪んで赤くなっていた。

「お前ごときが！　母上の何を知っている！」

怒りを床に押し付けるような乱暴な足取りで、シュラヴィスはガラスの壁のすぐ向こうまで歩いてくる。

「言え！」

魔力が乗っているのか、シュラヴィスの声には音量以上の迫力があった。俺の隣でジェスが一歩後ずさる。それほどの圧を感じた。

「お前ごときが母上の何を知っている！」

魔と龍の張り合いによって、分厚いガラスが今にも破裂してしまいそうなほどの緊張感が、聖堂全体を支配していた。

「知っております」

シトはあくまで冷静に答えた。

「……陛下の知らない、すべてを」

その発言によって、一瞬の沈黙が訪れた。

そしてその一瞬は、俺が、そしておそらくシュラヴィスが、真実を理解するのに十分な時間だった。

そうだったのか。

シトは少年時代、向都の旅に失敗して、マリエスという最愛の女性を失った。

マリエスは、もうとっくに命を落とした、俺の知らない人なのだと思っていた。

でも、もしそうでなかったとしたら——マリエスが、俺たちのよく知る人だったとしたら。

「……何を言っている。話せ」

シュラヴィスの声には明らかな動揺があった。一方のシトは揺るがない。

「それを話さずに死ぬことが、私なりの、王家への復讐にございます」

滑らかな動きで、シトは自分を後ろ手に縛っていた鎖を引きちぎった。その両手は黒い鱗を纏って、黒曜石のように鋭く輝いている。

「母君から受けただけの愛を、どうか、ここにいる者たちへ向けてくださいませ」

「待て」

シトは待たなかった。自らの腹に向けて右手の親指を突き出し——刃のような龍の爪を、何のためらいもなく服の上からずぶりと刺した。右手を引くように動かすと、黒い服から、赤黒い血が、封を切ったようにとろとろと流れ出す。幾何学模様の床に、点々と血が滴(したた)る。

「私の死に様を、その目でしかと見届けてください」

シトの唸(うな)り声に、シュラヴィスの翡翠色(ひすいいろ)の目が見開かれる。

「や、やめろ……！　待て！」

シュラヴィスは手を伸ばそうとして、自ら築いたガラスの壁に阻(はば)まれた。

シトはその間に血塗(ちまみ)れの右手を腹から抜き、自らの首に当てた。

その瞳は鋭く切れ込んだ金色の蛇目(へびめ)に変わり、かつての主君の目をまっすぐに見ていた。

次の瞬間――シュラヴィスの姿が赤く塗り潰され、見えなくなる。

シトの首から噴き出す血が、美しい曲線を描いてガラスを一面に染めたのだった。

いくら探しても、マリエスの亡骸(なきがら)は見つからなかった。必死に話を聞いて回った。口を閉ざすイエスマ狩りは、指を千切(ちぎ)り、腕を砕いて拷問した。しかしマリエスの手掛かりが見つかることはなかった。私は幾度となく激昂(げっこう)し、殺した者の数は何十にも上った。

それでもマリエスは見つからない。あれほど賢い人だ。きっと王都に入ったのだと考えた。

だから私は、わずかな可能性に賭けて出世の道を模索した。どんなことをしてでも成り上がり、王都に入り、マリエスを見つけるのだと、そう心に誓った。

過去の伝手(つて)を頼って、王朝軍に入った。下積みからの出発ではあったが、忠誠心と、忍耐力と、そして何より龍族(ラチエルテ)の力を使って、出世の道を突き進んだ。

一度目の幸運は、高官の娘と知り合ったことだった。

彼女の父親は在野(ざいや)司令官であり、すなわち軍のうち王都の外にいる者の中では最も地位の高い男であった。私は浮浪者に金を渡して娘を襲わせ、自分の手で助け出した。簡単な自作自演だったが、浮浪者はその場で殺したため、真相を知る者は私だけであった。目論見(もくろみ)通り、私は在野(ざいや)司令官に気に入られた。

私がふさわしい階級に上り詰めたころ、その娘との縁談が決まった。彼女の家には男子がいなかったため、婿入りという形になった。在野司令官の娘婿となった私の出世は加速した。子も二人生まれた。あまり面倒を見なかったおかげか、私に似ずいい子に育った。

二度目の幸運は突然、思いもよらぬ形でやってきた。

久しぶりに家に帰った私は、イェスマのリティスに出迎えられた。驚いた。家の者は全員寝ているはずの、深夜だったからだ。寝間着ではなく昼間の服装で、髪もおさげのまま。

「まだ起きていたのか。きちんと寝ないと、仕事に障るであろう」

ワードローブに外套をしまいながら言ったが、返事はなかった。不思議に思って振り返る。

リティスは静かにこちらを見ていた。あと一、二年で家を出るはずだから、年齢は一四か一五だっただろう。明晰ではないが、素直で、優しい少女だった。子供たちにはとても気に入られていたようだった。

そんなリティスがどこか見透かすような目でこちらを注視してくるものだから、不思議だった。こんな表情をする子だっただろうか。

「どうした。何か言いたいことがあるのなら、気兼ねなく言いなさい」

じっと立っている様子は少し気味が悪かった。

「心が読めないというのは本当なのだな」

低い声で、リティスが言ってきた。不穏を感じて、右手を龍化させる。

「誰だ、リティスに何をした」

「慌てるな。危害を加えようというわけではない。このイェスマは今、上で眠っている」

この、と言いながら、リティス——の姿をした何者かは自分の胸を叩いた。

訳が分からず、混乱する。薬か何かでリティスを操っている者がいるのかと思ったが、そうではないらしい。では、目の前にいるのは何だ。

「姿を変えるときは、イェスマを選ぶことが多いのだ。警戒されることがないし、何より、立場の低い娘にどう接するかで、その者の本質はたいてい見えてくるからな」

その者は手近なソファーに座ってもたれかかり、脚を組んだ。とても、リティスのする行動ではなかった。発言から考える。姿を変えることができる者——

「……陛下？」

急いで膝をつき、頭を下げた。相手が王であれば、大変な無礼を働いたことになる。

「正確に言えば、王ではない。王子だ。今は主に外回りを担当している」

「は。大変失礼いたしました」

相手の本当の年齢は分からなかったが、私は深々と頭を下げた。ここで無礼を働けば、これまで積み上げてきたものが台無しになる可能性すらあった。

「シト、お前は忠実な男か」

リティスの声で告げられる言葉は、冷たく、受け止めきれないほどの重さがあった。

「は。陛下にお仕えするため、国にお仕えするため、一心に尽くしてまいりました」

「それはいい。実はな──」

値踏みするような目でこちらを見てくる。

「配下の者がお前の働きをたいそう気に入ったらしい。ぜひ養子に、と考えているそうだ。龍族(ラチエルテ)の血は貴重だ。王都の中に来る気はあるか」

「な、なんと……」

あまりに突然のことで、言葉が出なかった。

「当然、この家は出ることになる。まだ小さい子もいるようだが、もう会うこともなくなるだろう。嫌ならば言えばよい。別に気に障(さわ)りはしない。お前の記憶を消して立ち去るだけだ」

一度きりの機会だった。幸運の騎馬に尻尾はない。これを摑(つか)めば、マリエスとの別れ以来の悲願が叶(かな)い、逃せば次は永遠にやってこない。迷いはなかった。

「もちろんそのお話、大変ありがたく承(うけたまわ)る所存です」

「よかろう。今度お前の忠誠心を試す。お前が王家に一生を捧(ささ)げることを示せ」

リティスの姿をした王子は、それだけ言うと立ち上がり、振り返ることなく去っていった。

浮浪者がリティスを襲ったのは、その出来事から三日後のことだった。

リティスは乱暴されて、ひどく傷ついていた。現場を見つけたのは私ではなかったから、乱暴の事実を隠蔽することはかなわなかった。理不尽ではあるが、王朝の狂った規則に従えば、この場合には浮浪者だけでなくリティスも処刑されなくてはならない。

私は犯人の男を即座に問い詰めた。男は指を一本千切ったただけですべて吐いた。知らない女に大金をもらったのだと。あのイェスマを襲えと言われたのだと。

すべてを吐かせてから、私は男を石畳の上に引き倒し、その全身が赤黒い絨毯のように薄くなるまで殴った。服の中に金貨の詰まった袋が入っていたらしい。掃除していたときに、圧着して平皿のような形になった金の塊が出てきた。

王子の仕業に違いなかった。忠誠心を試すというのは、このことだったのだ。

私の歩むべき道はただ一つだった。

リティスを差し出したのち、しばらくしてから私は王都に招き入れられた。それまでにリティスは処刑されて、子供たちはその骨を持ってどこかへ消えてしまった。

私を迎えた王子は、何の冗談か、またリティスの姿をしていた。人の心がない、化け物だと思った。それでも私はマリエスのことを思って、ひたすらに平伏して従った。

王都にいれば、きっと、マリエスと出会うことができる。それがすべての原動力だった。

平皿のようになった金の塊を私が差し出すと、王子はそれを一瞥して言った。

「取っておけ。もともと捨てたつもりのはした金だ」

浮浪者をけしかけたことは、全く隠すつもりもないようだった。私は忠義を示すために深く頭を下げて金塊を掲げた。それが馬鹿の生き方だった。

「この王朝はひどいものだが、どうか絶望しないでほしい」

王子が去った後、髪の長い男が私の肩を叩いて言った。

「耐え忍んででも、生きてさえいれば、そのうち必ず大番狂わせが起こるよ」

男が言う通り、大番狂わせと言っていいほどの――三度目の、そして最後の幸運が訪れた。

間違えもしない、あの人との対面。その顔を見たとき、思わず声を上げてしまった。

翡翠色の瞳――マリエスがまさか、あの王子の妃になっていたとは、想像もしなかった。

しかし、あれほどの強さと賢さがあれば、妃に選ばれるのも当然であった。二四年の歳月を経てもなお、変わらずマリエスは美しかった。

「私の命令は、王子である主人の命令に等しいと心得なさい。ただし、異論があれば言ってください。あの人と違い、私は聞く耳をもちますから」

久しぶりに交わす言葉を、彼女は書類から目を放さず、あくまで事務的に言った。

「あなたは――」

そう言いかけたとき、彼女が不可解そうにこちらを見てきた。そのまま首を傾げる。

「はて。なぜ涙を流しているのですか」

「……いえ、申し訳ありません。道中大変風が強く、砂が」

「王に仕える軍人が、そのようなことでいいのですか。気を引き締めなさい」

私は気付いた。絶望的な事実に気付いてしまった――マリエスは、何も憶えていないのだ。

私を見ても、何の興味も示してこない。とても、冷たい声だった。

まともに言葉も交わせずに、私は退出してしまった。

彼女は記憶を消されていた。名前もヴィースという、いかにも王族らしい音のものに変わってしまっていた。消された記憶が戻ることは決してないのだとも知った。イェスマに施されるのと同じ、残酷な記憶消去の処置。歴代の王妃はみな、それを経てきたという。

沸き立つような嬉しさと張り裂けるような悲しさとが怒涛の如く同時に訪れ、心がぐちゃぐちゃに掻き乱された。心を読まれない龍族の力と長年鍛えてきた鉄の仮面がなければ、きっと一筋の涙では済まなかったであろう。

「最近は、いかがお過ごしですか。お元気にされていますか」

二度目の対面のとき私が尋ねると、彼女は顔をしかめた。面倒そうに、言う。

「なぜ私が、あなたにそのようなことを言わなければならないのですか」

「……儀礼上の、挨拶です」

「そうですか。仕事は何一つ滞りなく、私自身も極めて健康です。差し支えなければ、本題に入ってもよろしいですか」

「失礼しました。お願いいたします」

微笑みすら浮かべずに淡々と指示を出すマリエスの言葉を、私は黙って聞くしかなかった。

マリエスがあの化け物との間に子まで授かっていたことは後から知った。

私たちを二度も引き裂いた王家が憎かった。

しかし私は、王朝で忠実に働き続けることに決めた。

復讐(ふくしゅう)したところで、いいことは何も起こらない。

今さらマリエスにすべてを伝えたところで、いいことは何も起こらない。

私は何もしないことを選んだ——ただマリエスのそばにいられるだけでよかった。

無事に生きている姿を近くから見ていられるのなら、それで十分だった。

私に淡々と命令を下す声を聞くだけで、生きている意味を感じられた。

ただ誰にも見透かされぬ心の底で、いつもひっそり夢を見ていた。

いつかまた、何かの間違いで、あの茶を淹(い)れてはくれないか。

少しでいいから、うっかりでいいから、私に笑いかけてはくれないか。

だがそんなことは、結局一度も起こらなかった。

マリエスは、私の目の前で死んでしまった。自らの命を、息子のために、王家のために、捧(ささ)げることを選んでしまった。その瞬間、私は凍りついたように動けなかった。

私の人生は、ほとんどそこで終わっていた。大番狂わせは、もう起こらない。

せめてすべてを終わらせなければならないと思った。

愛し合う者たちを引き裂く、イェスマという不条理の制度を。その根源である王朝を。

そして私は陛下を手にかけた——マリエスの血を受け継いだ、たった一人の青年を。

第五章

大事なことは早く伝えろ

the story of a man turned into a pig.

「まさか……ヴィースさんが……」

俺とジェスはいったん、聖堂を出ていた。

シュラヴィスはあの後、蒼白な顔をしたまま、結局壁の向こうへと消えてしまった。

首と胴体が離れたシトの肉体は、いかなる治癒の魔法も受け付けず、そのまま息絶えた。

日没後の西の空は、赤から紺へと鮮やかで自然なグラデーションを描いている。東に見える星空は、あの異様な密度の空ではなくて、星が点々と輝くかつての夜空だった。

――私の目の前でマリエスを惨たらしく殺すことが、奴らの狙いであった。そのような相手に、二人だけで敵うはずもない。私はすぐに深手を負った。するとマリエスは…………

シトとマリエスは、向都の旅の途中、イェスマ狩りの集団に襲われた。シトがそこで肉の焼き加減を優先して話を切ったものだから、俺たちはてっきり、マリエスが殺されてしまったものだと思い込んでいた。

だが違ったのだ。焼肉によって遮られたのではなく、シトが意図的に話を終えたのだ。

俺たちが、万が一にも、マリエスの正体に気付かないようにするために。

――あのときマリエスが見せた笑顔は今も忘れがたい。私にくれた、最後の笑顔だ
嘘はついていなかったが、まるで叙述トリックのような言い方だった。

別れるときにマリエスが見せた笑顔――それはきっと、本当にシトが受け取った最後の笑顔だったのだろう。マリエスはそれからずっと、シトに笑いかけることがなかったのだ。

そばにいたのにもかかわらず、一度たりとも。

「マリエスさんは、お一人で王都に入られていたんですね」

ジェスがしみじみと言った。そこで俺は、シュラヴィスのかつての発言を思い出す。

――母上は好きだった人と決別して、イェスマとして単身王都に辿り着いた
「そして記憶を消され、名前も変えられて、ヴィースとして、王子の妃となったんだ」

シュラヴィスの誕生日の晩、俺たちに涙まで見せながら、ヴィースは言っていた。

王都に辿り着いて、イーヴィスに見出された後、それまでの人や場所に関する記憶を消され

てしまったのだと。ジェスのように魔法が解ければ元に戻る封印ではなくて、不可逆的に消されてしまったのだと。自分の本当の名前も忘れたのだと。

――絶対に忘れないと誓ったはずの、ただ一人の名前さえ、私は思い出せませんでした

「ヴィースさんは度々おっしゃっていました……たった一人だけ大切な方がいたことは、どうしても忘れられなかったのだと……でもその人の顔も名前も思い出せず、ずっと苦しい思いをされていたのだと……」

「以前、ジェスも同じようなことを言ってたな」

「ええ……私の場合は、記憶を取り戻すことができましたが……」

俺がメステリアへ再転移したとき、王イーヴィスによって、記憶を封印されていたジェス。あのときのつらそうな様子を思い出せば、ヴィースがどんな気持ちで過ごしてきたかは想像に難くない。そしてヴィースは、その相手がずっと近くにいたことを知らずに死んでいった。

シトは死の間際まで、その秘密を心のうちに守り抜いた。

ジェスが涙をポロポロと流す。

「ヴィースさんが……シトさんが……あまりに報われません。こんなこと、本当はあっていいはずがないんです」

「そうだな。この世界はあっていいはずのないことばかりだ」

「シトさんが出世にこだわられていたのだって……自分のためではなかったんです。王都に入ってしまったかもしれないマリエスさんと再会したい一心だったんです。それなのに……」

それなのに、出世をした果てに出会ったかつての想い人は過去のことをすっかり忘れ、あろうことか諸悪の根源たる王家に嫁いでいた。

一方の自分は家族をすべて失った後だった。娘と息子にはクソ親父呼ばわりされ、軽蔑された。死ぬまで家族と和解することはなかった。

「私、気付いたことがあるんです」

ジェスが涙でぐしょぐしょの顔で言った。

「……何だ？」

「死の街ヘルデに辿り着いて、セレスさんと私がシトさんからいただいたお茶――どこかで飲んだことのある味だったんです。ついさっき、気付きました。あれはヴィースさんがいつか、私に淹れてくださったお茶によく似ていたんです」

「そうだったのか」

臨戦のブレンドなどと言って誤魔化していたが、ひょっとすると、シトはヴィースに――マリエスに淹れてもらったお茶を再現していたのかもしれない。

「……そういえば、きれいなティーカップがちょうど二つあったよな。どうして廃墟の街で、ジェスとセレスの分が都合よく出てくるのかと思っていたが……」

「マリエスさんと一緒に飲むつもりで、持ち運んでいたのかもしれません」

ジェスはそう言って涙を拭った。

「シトさんはあの街に――死の街に、死ぬために来ていたんです」

最愛のマリエスを失い、主君を手にかけ、目的を失ったシトは、死の街に流れ着いた。

運命と決別できるという炎に惹かれてやってきて、そして、謎の声に引き留められた。

「そんな状況だったのに、俺たちに協力してくれたのか」

「ええ。セレスさんの助命を嘆願する計画にも、命懸けで協力してくださいました」

「感謝しないといけないな」

「はい……」

シュラヴィスを殺そうとした過去は、決して許されるものではない。家族を捨てたことも、罪のない少女の命を出世のために差し出したことも、きっと許されないだろう。

しかしそこに秘められた想いは、俺たちのために命を燃やしてくれた実績は、それらの罪には塗り潰されない。決して忘れてはならないものだ。

重い扉の開く音がして、イツネたちが聖堂から出てきた。

「終わったよ」

こちらを見て、イツネはやれやれと首を回した。

「なんかおばあさんとおっさんが来て、あいつとセレスを確認してった。あいつの死体は王朝で引き取るそうだ。セレスはもう自由の身。一件落着だね」

セレスはそれまで被っていた重々しいチェインメイルを脱いでいた。後からケントに教えてもらったが、マイクロ波による不可視の攻撃を、金属の網で無効化するためだったようだ。万全を期した装備だったが、役に立つことがなくてよかったと思う。

ジェスに赤い目で見つめられて、ヨシュは鬱陶しそうに手を振る。

「ああ。あいつのことなら、気にしないで。俺たちはもうとっくに、父親を捨てたんだ。血縁はあったかもしれないけど、あの男が死んだくらいじゃ、俺たちは何とも思わない」

「いやホント、クソみたいな親父だったな。むしろ死んで清々したよ」

イツネも大斧を担いで、そう笑ってみせた。

「……あたしがあいつを許すことは絶対にないけど、まあ、今回のことがあって、初めてあいつを理解できた気がする。リティスやあたしたちを捨てたことにちゃんと理由があってよかった。理由がないよりは、ちょっとだけマシだからね」

「そうだね。理解できないクズじゃなかった。かろうじて理解できるクズだ」

ヨシュも冷たい声で、そんな軽口を叩いていた。

イツネがやってきて、ジェスの肩に手を置く。

「ジェスちゃんさ、遺されたあたしたちは、もっとマシに生きようね」

「イツネさん……」

「もうこれ以上、死ぬとか、殺すとか、奪うとか、奪われるとか、そういう悲しい連鎖が続くのはこりごりだ。いくら難しい事情があっても、もうそういうのはやめにしたい。ジェスちゃんたちにお願いだ。あの頑固な陛下に、どうにかして伝えてやってくれ」

ノットがやってきて、真剣なまなざしをジェスに、そして俺に向ける。

「解放軍は、王朝との和平を求めることにした。十字の処刑人だかが出てくる前の状態に、いったん関係を戻したい。あの童貞野郎がその気になったら、こちらにはいつでもその準備があると、そう伝えてくれ」

「……はい、分かりました！　ありがとうございます！」

「ありがとな、ノット」

俺たちの言葉に、ノットは顔をしかめる。

「別にお前らのためじゃねえ。これは俺たちのために、俺たちで考えたことだ」

すっかり夜になっていた。雲はなく、しばらくぶりの美しい星空だった。

聖堂前の広場で、俺とジェスは解放軍幹部の面々と向かい合う。

「じゃ、俺たちは南に戻る。今回の件は世話になったな」

ノットが素っ気なく言って、帰途に就こうとしたそのとき、

「ちょっと待ってください……！」

と、ジェスが突然ノットに詰め寄った。

呼び止められるとは思っていなかった様子のノットが、不可解そうに振り返ってくる。

「何だ」

ジェスは一歩前に出て、声を落とす。

「セレスさんを見て、何か言うことはありませんか？」

何を言い出すかと思えば……そういえば、セレスは今日も、あのときジェスがつくった、パンツスタイルの服装だった。ノットは今日まで俺たちと一緒にいたから、この服装のセレスを見るのはチェインメイルを脱いださっきが初めてということになるだろう。

突然名前を出されて、セレスはあわあわと視線を迷わせた。

そんなセレスを見て、ノットは首を傾げる。

「何かって、何だ」

「何も気付かないんですか？」

「ああ？」

「あ、あのジェスさん、大丈夫ですから……」

恐縮しきったセレスの声に、ジェスは断固として首を振る。

「ノットさん、セレスさんがいなくなってから、ずっとセレスさんのことを捜していたんでしょう。今日ようやく、また会えたんです。セレスさんを見て思ったことがあれば、きちんと言葉にして言うべきです」

イツネが楽しそうににやにや笑いながら、横目でノットを見ていた。

ノットは少し目を逸らして、呟くように言った。

「……まあ、元気そうで、よかった」

セレスはそれだけで顔を真っ赤にして、目を潤ませていた。

ジェスは頷いた。しかし腰に手を当てて、まだ納得していない様子なのが明らかだった。ノットにはかわいそうなことだが、この状態になったらジェスは梃子でも動かない。

ノットは間違い探しでもするようにセレスを見てから、付け加える。

「そういえば、あんまり見ねえ格好だな」

惜しい。あと一歩のところまで来ている。

ヨシュが何かを促すように、わざとらしく咳払いをした。

ノットの耳はうっすら赤くなっている。

「……似合ってるんじゃないか」

少し照れくさそうに、言った。

セレスはその場に立ったまま、大きな目からぽろりぽろりと涙を流し始めた。

「ど、どうした」

戸惑った様子のノットの前で、セレスは涙をごしごしと拭う。

「ごめんなさい……私、嬉しくて……」

ノットはセレスのすぐ前まで歩いて、その頭をぽんぽんと優しく撫でた。

頭一つではきかない身長差が、星空の下で浮き彫りになった。

セレスはしばらく撫でられながら地面を見た後、すっとノットに顔を向けた。顎の下の皮膚がぴんと伸びるほどに上を向かなければ、視線が合わない距離だった。

「ノットさん……ありがとうございました。私、とっても、幸せでした」

その涙声に込められた強い響きに、少し違和感があった。

ジェスが、えっと声を漏らす。そういえば、セレスはなぜ過去形でしゃべっているのか。

「……どうした、セレス」

さすがのノットも、セレスの様子がおかしいことに気付いたようだった。

セレスはその大きな目に決意を滾らせている。細い喉がごくりと唾を飲むのが見えた。

「本当は、ミュニレスに戻ってから言おうかと思ってたんですけど……」

一呼吸ののち、言った。

「私、マーサ様のもとへ帰ろうと思うんです」

冷たい夜風が、さあっと広場を走り抜けた。

誰も予期していなかった言葉に、ノットは動揺を見せる。

「帰るっていうのは、一時的に、ってことか」

「違います。ずっとです」

「ずっと？　なぜだ」

「だって私……もう、魔法が使えません」

セレスは泣いていなかった。じっとノットを見上げている。

「魔法が使えない私には、もうみなさんと一緒にいる資格はないんです。リスタを使った祈禱(きとう)も、魔力がないと、できないみたいです。私にはもう、お料理くらいしかできません。でもお料理なら、他の人にもできます。私はお役に立てません。足手纏(あしでまと)いです」

「別に、そんなことは――」

否定しようとするノットに被(かぶ)せるように、セレスは言う。

「大丈夫です。私、全部しっかり考えて、自分で決めたんです。マーサ様は今、ミュニレスで新しく商売を始められてます。まだ人手が必要だそうです。そちらの方が、私もお役に立てるはずです」

「……それが、お前の本心なのか」

「はい……だから、ノットさんとは……さようならです」

セレスはそこまで言うと、力が抜けたように下を向いた。ノットの手をかいくぐるようにして、背を向ける。その顔から小さな雫がぽたぽたと落ちるのが、俺には見えた。

先を急ぐように、セレスは歩き始める。

ジェスが俺を見てくる。眉がきれいな八の字になって、困惑を示している。

「豚さん……どうしましょう、私……」

「どうしようって……セレスが決めたことなら、俺たちにはどうにも……」

——俺たちにはどうしようもなかった。

セレスの人生はあまりにもまっすぐで、純粋だ。そこに俺たちが介入する隙はない。

今回の旅で学んだことだった。俺たちには、一緒に逃げて、そばにいて、励ますことくらいしかできなかった。どうやったって、セレスの生きる人生は、セレスだけの物語だった。

俺たちは、セレスからノットを奪って、国の大きなうねりに巻き込んで、結果的に魔力をも奪うことになってしまった。埋め合わせをしようにも、結局どうすることもできなかった。

せめて奪ってしまった分だけでも、セレスを幸せにしてあげたかった。

それなのに——それなのに。

物語が定まっている人にかけられる言葉というものは、情けないほど少なかった。

ジェスの脚が走り出そうと一歩を踏み出したそのとき、ノットが「待て！」と叫んだ。

セレスの後を追いかけて、ノットは後ろから抱きしめる。

「待て、どうしてそうやって逃げる。会話を終える前に、俺の話も聞いてくれ」

その声は珍しく震えていた。

セレスは返事をしなかったが、かろうじて、頷(うなず)いたように見えた。

「ずっと言わなかったことがある。馬鹿みてえだから、誰にも話さなかったことがある」

ノットは人目をはばからず、言う。

「……今の俺があるのは、セレス——お前のおかげなんだ」

セレスは後ろから抱きしめられたまま、じっと立っている。

「そんなこと、ないです」

「あるんだ」

「だって、私なんかいなくたって、ノットさんは——」

「頼むから、なあセレス。俺の大事な人を、なんかだとかと言って貶(おとし)めないでくれ」

セレスは下を向いて口を噤(つぐ)んだ。

「俺は、言わなくていいと思ったことはあんまり口に出さねえ。感情を示すためだけにわざわざ行動したりもしねえ。分かりづれえ男だと思うが、勘違いしないでくれ。セレスは俺にとって、他の誰よりも必要な人だ」

激しくなった呼吸を整えてから、続ける。

「俺はセレスが村に来るまで、生きる目的を見失ってた。知ってんだろ。何があったか」

五年前——もう六年前になるのだろうか、セレスがバップサスにやってきたとき、ノットは

想い人のイースを喪った直後だった。セレスは仕事が上手くいかずにいじめられているところを、ノットに助けてもらった。そう聞いている。

「イースさんを……ノットさんは、喪って……」

「そうだ。俺はあのとき、死んだっていいと思ってたんだ。死にてえと思うときもあった。でも、死ぬべきじゃねえと気付かせてくれた奴がいた。セレス、お前だ」

「私……私は何も……」

「何もしてねえわけがねえ。自分が本当に何もしてなかったか、胸に手ぇ当てて考えてみろ」

セレスは律義にも、ノットに抱きしめられた胸に小さな手を当てた。

刺さっていた楔と一緒に魔力まで失われてしまったその胸に、手を当てて考えた。

しかし思い浮かばなかったようだった。俺にも、答えは分からなかった。

当時八歳の非力な少女は、いったい何をして、絶望の淵に追いやられた少年を救ったのだろうか。いったい何をしたら、そんなことができたというのか。

「私……ごめんなさい、私、本当に何もしてないです。何もできなかったです」

「違えだろ」

ノットは一層語気を強めた。

「なあ、違えだろ。セレスは俺を必要としてくれた。だからこそ、俺は生き続けようと思った。俺に家族はいなかった。俺と一緒にいると嬉しそうにしてくれたのは、お前だけだった。お前の存在が、俺を救ってくれたんだ」

「そんな……私が、ノットさんのこと……」

ノットはセレスを抱きしめたまま、続ける。

「お前がいなければ、俺はきっとあの村で腐ってた。お前がいたから、頑張ろうと思えた。お前の喜ぶ顔が見られると思ったから、狩りを続けた。時代が変わって、状況が変わって、お前といられる時間は少なくなったが、今だってそれは変わらねえ。俺にとって、馬車を走らせる馬がイースへの想いだとしたら、手綱を握ってくれてたのはセレス、お前の存在なんだ」

セレスの手は、抱きしめてくるノットの腕の上で細かく震えている。

「つらいことがたくさんあった。理不尽なことがたくさんあった。だからこのクソみてえな世界に絶望したっていい。だが頼むから、自分にだけは絶望するんじゃねえ。お前は……そばにいてくれるだけで、十分価値がある。少なくとも俺は、そう思ってんだ」

ノットの顔は見えなかったが、その声から、泣いているのだと分かった。

「……だからもう、セレス、お前はどこにも行かないでくれ」

堰が崩れたように、セレスは大きな泣き声をあげた。

ひとけのない広場に、二人の声が反響する。

崩れ落ちそうな小さい身体を、ノットは一層強く抱きしめた。

「そばにいるだけでいい……とっても素敵な関係ですね」

夜も更けてきたころ、ジェスと俺はひとけのない王都の街を二人で歩いていた。

以前の夜空に比べると星の少ない今夜の空は、やはり薄暗く感じられた。それでも月明かりは、出歩くのに十分な明るさだった。

「そうだな」

俺にとってのジェスもそうだなんて、口に出しては言えなかった。

「お気持ちだけで嬉しいです」

地の文ですが……。

「私も、豚さんがそばにいるだけで十分ですよ。それ以上は望みません」

「……よかった」

「浮気は許しませんが」

「浮気なんかするものか。俺がいつ他の女の子に興味を示した」

ジェスのじとっとした目がこちらを見てくる。

「旅の間じゅう、ずっとセレスさんにブヒブヒされていたのはどなたですか」

「あれは別に……ほら、セレスはなんだ、妹みたいな存在っていうか」

「ダメです」

「ダメなのか」

「豚さんの妹は、私一人で十分です」

そうかもしれない。

そういうことにしようと思った。

俺たちが向かうのは、崖の上にある泉。いつだかロッシの左前脚についていた足輪——ホーティスが自らの魔力を封じるためにつけていた足輪の封印を解除するために、俺とジェスで謎を解きながら水を汲みに行った泉だ。

しばらく色々と調べた結果、あの泉が、ルタの亡霊の言っていた「忘却の泉」らしいことが分かった。

ジェスは真っ黒な紙を握りしめている。亡霊から託された一枚の紙。この世界を正常に戻すために足りていない「最後のひと欠け」が記された紙だ。

泉の水で洗い流せば、その最後のひと欠けが明らかになるという話だった。

あまりに簡単な話だった。あの亡霊が何を意図していたのか分からなかったが、俺たちを困らせるつもりではなかったらしい。

単に何らかの理由があって——あの場所では、真実を知られたくなかったのだろう。

人に謎を解かせるとき、そこには必ず動機がある。

最後のひと欠けが判明すれば、その動機もおのずと明らかになるだろうか。

ホーティスの謎解きが示していた道順で、階段を上る。翼の生えた少女の像が懐かしい。ここで右に曲がるのだ。崖の直下を避ける、遠回りのルート。

ジェスは崖の下を通りたがらなかった。それもそうだ。この崖は、俺にとっても苦い思い出のある場所。ジェスがどれだけ俺を必要としていたか――ただそばにいることがどれだけ大事かを知らずに、勝手に身を投げてしまった崖なのだ。

あれから色々なことがあった。現代日本へ帰れなかった俺は、ジェスの霊術によって復活したものの、幽霊の出来損ないのような姿になってしまった。それから深世界を通ってこちらの世界に戻ることで、なかば世界のバグをつくような形で実体を取り戻した。世界は大きく変わり、俺は自分の口でしゃべれるようになってしまった。そうこうしている間に王位がシュラヴィスへと受け継がれ、連続殺人が起こり、そして破滅的な終わりを迎えた。今はその延長線上にある。しかし、セレスの一件、そしてシトの一件を経て、世界が少しずつマシになろうと動き始めているところだと思う。そう信じたい。

そして、すべてを終わらせるはずの最後のピースの情報が、ジェスの手に握られている。

願わくは、これが世界を正常化して、シュラヴィスがイェスマを必要以上に危険視することがなくなり、王朝と解放軍との和解が成立し、またみんな同じ方を向いて、世界をよりよくするため動き始められますように――そんなことを思わずにはいられない。

物語はいつだって、みんなが末永く幸せに暮らすハッピーエンドを迎えるべきなのだ。

泉に辿り着く。草の茂る中に白い岩が露出し、そこからこんこんと透明な水が湧き出している。この水で、ルタから託された紙を洗うのだ。

「……豚さん、準備はよろしいですか？」

「もちろんだ」

どんなことが書かれていようとも、俺たちならばきっとやり遂げられる。

ジェスは泉の脇にしゃがみ、真っ黒な紙を顔の前に持ち上げる。俺はその横でじっと待つ。

細く白い指が、黒い紙を泉につけた。

「わっ……」

ジェスが思わず声を出した。

紙片は、どこにそれほどの色が染み込んでいたのかと思うほどの黒を、泉の水に拡散した。

透明だった水が、瞬く間に黒く染まっていく。底に見えていた白い岩が、すぐ見えなくなる。

ジェスの指先すら、黒と闇に飲まれて見えなかった。

一瞬にして、泉全体が黒に染まる。

その水面は、月の光すら吸収してしまうほどに、闇そのものだった。これほどの暗黒は、いったいどんな真実を覆い隠していたのか。

泉を見ていて、ジェスが紙を取り出していたのに少し遅れて気付いた。

「何か、読めるようになったか？」

返事はなかった。

ジェスは小さな紙片を呆然と眺めている。

「見せてくれ」

俺が首を伸ばすと、ジェスはさっと紙片を握りしめてしまった。その白い手から、真っ黒な水がぽたぽたと滴り落ちる。

「……どうした？」

不吉な予感に、身体が寒くなる。

ジェスが小さな声で、訊く。

「豚さんは……何も、隠し事をされていませんよね……？」

その真剣な声に、背筋がぞっとした。嫌な予感が増幅して、息が苦しく感じられる。

でも、俺の隠し事は……話せずにいたことは、それほど深刻なことではない。

そろそろ話してしまうべきだろうと思った。

「……実は、ブレースに言われてるんだ。俺は元の世界で気を失って、魂みたいな部分だけこっちの世界に来ている。あっちに残してきた身体が、そろそろ限界で……まあ言ってしまえば、あっちの身体はもうすぐ死んでしまうらしい」

ジェスは固まったまま。返事はなかった。

「でもいいんだ。俺はジェスと一緒にいることに決めた。向こうの身体がどうなったって構わない。俺はこっちにいることを選ぶ」

　ジェスの目を見る。何を思うのか、そこにはじわりと涙が滲(にじ)んでいた。

「……そばにいることが一番だ。そうだろ？」

　突然、ジェスがぎゅっと俺を抱きしめてくる。その腕は震えていた。

「どうした」

「私は豚さんと一緒にいるために、とても悪いことをたくさんしました」

　耳元で、かすれた声が言った。

「なかでも、深世界(しんせかい)を通って出てくることで、霊魂に肉体を戻すのは……こちらの世界とあちらの世界を混同する、本来あってはならないことです」

　不吉な予感が脳を侵食してくる。

　俺は世界の仕組みのバグを使って、肉体を取り戻した。

　そして、セレスが楔(くさび)を放棄したことで元に戻るはずだったこの世界は、依然狂ったまま。

　これらが何を示しているのか、言われなくても分かる気がした。

　そもそもルタの亡霊は、なぜあのときすぐに教えてくれなかったのか。

　俺たちに心の準備が必要だなんて、どうして考えたのか。

　そこで俺は気付く——漆黒の水が白い岩の上を流れているが、どうも様子がおかしい。

　流れる水はインクのように、拙い筆跡で、メステリア語の文章を綴(つづ)っているのだ。

――偽りの肉体を捨て　汝(なんじ)らの罪を清算せよ

「ジェス」

俺は名前を呼ぶことしかできなかった。

「豚さん……」

その震える頬の温かさに頼るしか、今はすべきことを知らなかった。

嘘(うそ)だ。信じたくない。

せっかく、一緒にいると決めたのに。そばにいようと誓ったのに。

ルタのメッセージは明確だった。

この世界を戻すためには、無理に肉体を取り戻した俺が、霊魂に戻らなければならない。

ジェスと一生、触れ合えない存在となる必要があるのだ。

あとがき（7回目）

お久しぶりです、逆井卓馬（さかいたくま）です。

6巻発売が五月ですから、七ヶ月ぶりの新刊となってしまいました。毎度お待たせしてしまい申し訳ありません。世界の変化はあまりにも目まぐるしく、この七カ月の間に様々なことが起こったように思います。某社にも色々あったようですが、はたして大丈夫なのでしょうか。（この記述が消されず残っているのなら割と大丈夫な気もします。）

間が空いてしまいましたが、手に取ってくださったみなさん、本当にありがとうございます。

さて、どんどん膨れ上がって際限を知らないあとがきのページ数ですが、今回はなんと――たったの四ページです！

文庫本では一ページ一七行ですので、全部でなんと六八行しか書けないわけです。

例えばこの一行だけでも、全体の一・四七％を費やしてしまう計算になります。

二行使えばおよそ三％です。もったいない。こんな計算をしている場合ではありませんね。

我が肝臓に滾（たぎ）る熱き思いをそれだけの紙幅で伝えきることができるかとても不安ですが、最近は紙の値段も上がっているようなので仕方がありません。覚悟を決めて、ありったけの密度で「あとがき」をしたいと思います。それではよろしくお願いします。

まずは近況報告をさせていただきます。

実は7巻から、敏腕編集阿南さんに加えて、新たにMさん（諸事情あって今は名前を伏せております）が豚レバを担当してくださることとなりました！　Mさんは学生時代から豚レバを読んでくださっていて、こんなに幸せなことはありません。アニメの準備などでやりとりが増えてきたなか、優秀なMさんの存在にはとても助けられています。

ちなみに、７巻有償特典のカレンダーはMさんの発案です。（購入してくださった方、ありがとうございます！）実を言うと7巻は、原稿の進捗が厳しい場合、一月刊になる可能性もありました。そんなわけで私にはちょっとだけ気の緩みがあったのですが、二〇二三年分のカレンダーがグッズになるという話を聞いて、「これは二〇二二年のうちに出さなければ！」と奮い立つことに……。Mさん、かなりのやり手です。

さて、先ほどちらりと触れましたが、アニメに関しても着々と準備が進行しているところです。たくさんの方の力をお借りして制作が進んでおります。ぼちぼち情報解禁があるはずですので、楽しみにしていてください！

私が一番楽しみなのは、やはり豚視点のローアンg――「地の文」のネタがどう実現するかですね。コミカライズでは、漫画という媒体へ、みなみ先生がとても自然に落とし込んでくださいました。もともと小説版は概ね一人称で、視点もほとんどの場合豚さんの中にあります。

だからこそ、「地の文＝心の声」という構造が成立したわけです。しかし、漫画やアニメといった媒体では主観と客観が入り混じり、視点もいっそう複雑になります。そんななかで、読者、視聴者の方々にいかにして違和感なく楽しんでいただくか、言い換えれば視点をいかに制御するかというのは制作側にとってなかなか難しい問題でしょう。逆に、みなさんにとっては面白いところかもしれませんね。肝要なのは、やはり「視点」なのだと思います。

（もちろん、ローアングルの話ではなくて、地の文の話ですよ！）

そして、もしかするとここに書くことではないかもしれませんが……

なんと星海社さんから、私の新作が出ました！

タイトルは『七日の夜を抜け出して』です。

相性最悪の男女四人が超常的な力によって夜の学校に閉じ込められ、脱出するために七不思議の謎を解き明かしていく——という話になっています。

表紙でドヤ顔をしている女の子がヒロインなのですが、彼女といい、ジェスたそといい、セレスたそといい、なんだか作者の性癖が滲み出ている気もしますね。

こちらもぜひチェックしていただけると嬉しいです！

（性癖を、ではなく、新作を、ですよ！）

私の話ばかりではつまらないので、最後にネタバレにならない範囲でセレスたその話をしたいと思います。2巻表紙で二匹の豚に挟まれ、この7巻ではジェスたそと二人で豚さんを挟んでいる、シリーズ通しての正統なサブヒロインです。

痩せていて、気弱で、引っ込み思案で、一途で、献身的で、一生懸命な、普通の女の子。歴史書に載るなんてことは、まずありそうにないタイプと言えるでしょう。

今回は、そんな彼女を取り巻く話となりました。

いつだってたった一人の背中を追いかけていただけなのに、国から追われる羽目になり、大きな争いの火種になってしまうという、なんとも皮肉な運命が彼女を襲います。

世界というのは、普段は全然手の届かないところにあるくせに、いざ変わってしまうときになると親しげな顔をしてこちらへ近づいてくるものです。そして当たり前のように日常を奪っていきます。そんなとき、セレスたそのように不運な人を、私たちはどうやったら助けることができるのでしょう。原稿を書いている途中に、ふとそんなことを考えました。

それにしても、セレスたそは本当に可愛いですね。今回は遠坂先生にたくさんのセレスたそを描いていただくことができて幸せです。新しい服装もそうですが、やはり触手の――

あ、行数がありません。それではまた、8巻でお会いしましょう！

二〇二二年一一月　逆井卓馬

◉逆井卓馬著作リスト

「豚のレバーは加熱しろ」（電撃文庫）
「豚のレバーは加熱しろ（2回目）」（同）
「豚のレバーは加熱しろ（3回目）」（同）
「豚のレバーは加熱しろ（4回目）」（同）
「豚のレバーは加熱しろ（5回目）」（同）
「豚のレバーは加熱しろ（6回目）」（同）
「豚のレバーは加熱しろ（7回目）」（同）

本書に対するご意見、ご感想をお寄せください。

ファンレターあて先
〒102-8177　東京都千代田区富士見2-13-3
電撃文庫編集部
「逆井卓馬先生」係
「遠坂あさぎ先生」係

本書は書き下ろしです。

電撃文庫

豚(ぶた)のレバーは加熱(かねつ)しろ（7回目(かいめ)）

逆井卓馬(さかいたくま)

2022年12月10日　初版発行

発行者　山下直久
発行　株式会社KADOKAWA
〒102-8177　東京都千代田区富士見2-13-3
0570-002-301（ナビダイヤル）
装丁者　荻窪裕司（META＋MANIERA）
印刷　株式会社暁印刷
製本　株式会社暁印刷

●お問い合わせ
https://www.kadokawa.co.jp/（「お問い合わせ」へお進みください）
※内容によっては、お答えできない場合があります。
※サポートは日本国内のみとさせていただきます。
※ Japanese text only

※定価はカバーに表示してあります。

ISBN978-4-04-914749-0　C0193　Printed in Japan

電撃文庫　https://dengekibunko.jp/

電撃文庫創刊に際して

文庫は、我が国にとどまらず、世界の書籍の流れのなかで〝小さな巨人〟としての地位を築いてきた。古今東西の名著を、廉価で手に入りやすい形で提供してきたからこそ、人は文庫を自分の師として、また青春の想い出として、語りついできたのである。

その源を、文化的にはドイツのレクラム文庫に求めるにせよ、規模の上でイギリスのペンギンブックスに求めるにせよ、いま文庫は知識人の層の多様化に従って、ますますその意義を大きくしていると言ってよい。

文庫出版の意味するものは、激動の現代のみならず将来にわたって、大きくなることはあっても、小さくなることはないだろう。

「電撃文庫」は、そのように多様化した対象に応え、歴史に耐えうる作品を収録するのはもちろん、新しい世紀を迎えるにあたって、既成の枠をこえる新鮮で強烈なアイ・オープナーたりたい。

その特異さ故に、この存在は、かつて文庫がはじめて出版世界に登場したときと、同じ戸惑いを読書人に与えるかもしれない。

しかし、〈Changing Times,Changing Publishing〉時代は変わって、出版も変わる。時を重ねるなかで、精神の糧として、心の一隅を占めるものとして、次なる文化の担い手の若者たちに確かな評価を得られると信じて、ここに「電撃文庫」を出版する。

1993年6月10日
角川歴彦

電撃文庫DIGEST　12月の新刊

発売日2022年12月9日

青春ブタ野郎はマイスチューデントの夢を見ない

著／鴨志田 一　イラスト／溝口ケージ

12月1日、咲太はアルバイト先の塾で担当する生徒がひとり増えた。新たな教え子は峰ヶ原高校の一年生で、成績優秀な優等生・姫路紗良。三日前に見た夢が『#夢見る』の予知夢だったことに驚く咲太だが――。

豚のレバーは加熱しろ（7回目）

著／逆井卓馬　イラスト／遠坂あさぎ

超越臨界を解除するにはセレスが死ぬ必要があるという。彼女が死なずに済む方法を探すために豚とジェスが一肌脱ぐことに！　王朝軍に追われながら、一行は「西の荒野」を目指す。その先で現れた意外な人物とは……？

安達としまむら11

著／入間人間　キャラクターデザイン／のん
イラスト／raemz

小学生、中学生、高校生、大学生。夏は毎年違う顔を見せる。……なーんてセンチメンタルなことをセンシティブ（？）な状況で考えるしまむら。そんな、夏を巡る二人のお話。

あした、裸足でこい。2

著／岬 鷺宮　イラスト／Hiten

ギャル系女子・萌寧は、親友への依存をやめる『二斗離れ』を宣言！　一方、二斗は順調にアーティストとして有名になっていく。それは同時に、一周目に起きた大事件が近いということで……。

ユア・フォルマV
電索官エチカと閉ざされた研究都市

著／菊石まれほ　イラスト／野﨑つばた

敬愛規律の「秘密」を頑なに守るエチカと、彼女を共犯にしたくないハロルド、二人の溝は深まるばかり。そんな中、ある研究都市で催される「前蛹祝い」と呼ばれる儀式への潜入捜査で、同僚ビガの身に異変が起こる。

虚ろなるレガリア4
Where Angels Fear To Tread

著／三雲岳斗　イラスト／深遊

絶え間なく魍獣の襲撃を受ける名古屋地区を通過するため、魍獣群棲地の調査に向かったヤヒロと彩葉は、封印された冥界門の底へと迷いこむ。そこで二人が目にしたのは、令和と呼ばれる時代の見知らぬ日本の姿だった！

この△（さんかく）ラブコメは幸せになる義務がある。3

著／榛名千紘　イラスト／てつぶた

麗良の突然のキスをきっかけに、ぎこちない空気が三人の間に流れたまま一学期が終わろうとしていた。そんな時、突然麗良が二人を呼び出して――「合宿、しましょう！」　夏の海で、三人の恋と青春が一気に加速する！

私の初恋相手がキスしてた3

著／入間人間　イラスト／フライ

「というわけで、海の腹違いの姉でーす」　女子高生をたぶらかす魔性の和服女、陸中チキはそう言ってのけた。これは、手遅れの初恋の物語だ。私と水池海。この不確かな繋がりの中で、私にできることは……。

新作　君はこの「悪【ボク】」をどう裁くのだろうか？

著／二丸修一　イラスト／champi

親友の高城誠司に妹を殺された菅沼拓真。拓真がそのことを問い詰めた時、二人は異世界へと転生してしまう。殺人が許される世界で誠司は宰相の右腕として成り上がり、一方拓真も軍人として出世し、再会を果たすが――。

新作　天使な幼なじみたちと過ごす10000日の花嫁デイズ

著／五十嵐雄策　イラスト／たん旦

僕には幼なじみが三人いる。八歳年下の天使、隣の家の花織ちゃん。コミュ力お化けの同級生、舞花。ポンコツ美人お姉さんの和花菜さん。三人と出会ってから10000日。僕は今、幼なじみの彼女と結婚する。

新作　優しい嘘と、かりそめの君

著／浅白深也　イラスト／あろあ

高校１年の藤城遠也は入学直後に停学処分を受け、先輩の夕凪茜だけが話をしてくれる関係に。しかし、茜の存在は彼女の「虚像」に乗っ取られており、本当の茜を誰も見ていない。遠也の真の茜を取り戻す戦いが始まる。

新作　パーフェクト・スパイ

著／芦屋六月　イラスト／タジマ粒子

世界最強のスパイ、風魔虎太郎。彼の部下となった特殊能力もちの少女４人の中に、敵が潜んでいる……？　彼を仕留めるのは、どの少女なのか？　危険なヒロインたちに翻弄されるスパイ・サスペンス！